# ELECTRA

BENITO PÉREZ GALDÓS

# ELECTRA

INTRODUCCIÓN
DE ELENA CATENA

PRÓLOGO Y EPÍLOGO
DE GERMÁN GULLÓN

© De la introducción, Elena Catena, 1998, 2001
© Del prólogo y epílogo, Germán Gullón, 2020

© Malpaso Holdings S. L., 2021
C/ Diputació 327, principal primera.
08009 Barcelona
www.malpasoycia.com

ISBN: 978-84-18236-43-3
Depósito legal: B-9310-2020
Primera edición: de septiembre de 2021

Maquetación: Palabra de apache
Imagen de cubierta: Rex Whistler - *Lady Caroline Paget*, 1930

Impreso en: Romanyà Valls
Impreso en España / *Printed in Spain*

*Para Andrés Amorós, desde siempre tan querido,*
*tan admirado.*

*Para don Antonio Roche y don Manuel Bonsoms,*
*por su paciencia, por su cortesía.*

# PALABRAS PROLOGALES

Hay obras en la historia de la literatura universal que constituyen un hito, porque captan un aspecto de la vida social cuya urgencia y relevancia las convierte en textos icónicos. Así sucedió con la obra de teatro, la *Casa de muñecas* (1879), de Henrik Ibsen, una defensa de los derechos de la mujer. *Electra*, de Galdós, supuso también al estrenarse en Madrid (1901) un auténtico bombazo, parecido al estreno del drama francés *Hernani* (1830), de Victor Hugo, que escenificaba la batalla entre los románticos y los clasicistas, mientras la española catalizó la opinión pública nacional. Abordaba un tema candente, la influencia de la Iglesia en las familias burguesas. Su onda expansiva fue enorme, hubo dulces, cigarrillos, cerillas, periódicos Electra, como si un artefacto de fragmentación hubiera explotado en medio de la sociedad española. Y un poco era así, la obra vehiculaba la frustración y la rabia de la clase burguesa progresista y de la llana con la política de la Restauración, que incumplió el programa de reformas nacional prometido tras la Revolución de 1868, cuando la reina Isabel II se vio obligada a abandonar el trono. Las reformas administrativas, la defensa de la separación de poderes, especialmente entre Iglesia y Estado, no acabaron de consolidarse, o se vieron entorpecidas, como la libertad de prensa, lo que impedía la normalización de la vida democrática. Además, los españoles acababan de sufrir la humillante pérdida de las colonias de Ultramar, la isla de Cuba, la perla de las Antillas, Guam y las Filipinas, que nos reducía a una potencia mundial de segundo rango.

El estreno de *Electra* en el teatro Español despertó las esperanzas de la clase intelectual, que ocupaba las butacas, de que la acción política, la protesta, iba a modificar el rum-

9

bo del país, dirigiéndonos hacia una era de progreso social. Galdós, sutilmente, y hoy lo entendemos mejor, confiaba más en los avances de la ciencia que en los políticos, que a fin de cuentas tienen influencia limitada sobre la vida social. Desde la publicación de su novela *Doña Perfecta* (1876), protagonizada por Pepe Rey, un ingeniero, y Máximo, el de esta obra, un investigador de la conducción eléctrica, dos científicos, venía indicando nuestro autor que los hombres de ciencia eran los responsables de la marcha hacia delante, del progreso de la sociedad española. Ayer como hoy, los políticos, y ese es el mensaje de Galdós, ejercen una influencia sobre una parcela limitada del dominio público, y desde luego el progreso compete a ingenieros e investigadores, hoy quizá debemos mencionar a biólogos moleculares e ingenieros digitales. El autor enviaba asimismo un fuerte mensaje sobre el valor de la conciencia humana, el terreno privado de cada ciudadano, de la propia persona, de la joven Electra, expresando que le pertenece al individuo.

En 1901, la recepción de la obra enfocó solo un aspecto del mensaje, porque como dije el clima social estaba condicionado por el descontento de los españoles con el estado de los asuntos públicos, y el anticlericalismo fue el sentimiento que unió los deseos de reforma, aunque, según comentaré en el Epílogo, la obra considerada en el siglo XXI permite una lectura de mayor alcance temático. El anticlericalismo se convirtió en una punta de lanza, el mensaje de la obra, que se repetirá en la prensa española y extranjera, caldeó los ánimos de la gente y, a la vez, suscitó la animadversión hacia su persona y obra de los conservadores y del clero, especialmente los jesuitas. Las repercusiones fueron importantes, y se evidenciaron cuando las fuerzas reaccionaras se opusieron años después (1912) a que le concedieran el Premio Nobel, un momento de infamia nacional, que le escamoteó la fama universal.

Hace diez años (2010), el dramaturgo Francisco Nieva hizo una versión moderna de la obra, que fue recibida con aplauso. Nosotros, con motivo del centenario de la muerte de Benito Pérez Galdós (1943-1920), hemos querido recuperar la edición de Elena Catena de *Electra*, cuya publicación en 1998 supuso un hito en los estudios galdosianos. Ofrecía al lector el olvidado texto de esta obra dramática, la más famosa de un autor conocido principalmente por su obra narrativa, y la acompañaba con una introducción, donde con competencia crítica se explica la relevancia y el contexto de la obra. Sus palabras introductorias siguen siendo válidas, por eso las reproducimos aquí, y junto con las nuestras epilogales pensamos ponen al día la presentación de esta obra clave de nuestra literatura. Hemos actualizado también la bibliografía.

# INTRODUCCIÓN

# EL ESTRENO DE *ELECTRA*

## EL ENSAYO GENERAL

En la última semana del mes de enero de 1901, más de un centenar de personas, residentes en Madrid, recibieron en sus domicilios una insólita invitación: En un tarjetón (11,5 × 8,5) el famoso novelista y autor teatral, don Benito Pérez Galdós, con la fórmula típica B. L. M. (besa la mano), seguida del nombre correspondiente, invitaba «al ensayo general de *Electra*, en el Teatro Español, el 29 del corriente a las nueve menos cuarto de la noche. Madrid y enero de 1901. (Personal e intransferible)». A la izquierda del tarjetón aparecía el dibujo-logotipo de las obras editadas por Galdós: un círculo con la figura de una esfinge alada —mitad cuerpo y rostro femeninos— sentada sobre una esfera, apoyados en ella sus brazos muy largos y asomando a los dos lados, en vez de piernas humanas, unas patas estilizadas. Rodeaba la imagen del logotipo un anillo con la divisa *Natura, Ars, Veritas*. Este logotipo se ofrece igualmente en muchas de las publicaciones actuales sobre nuestro autor, especialmente en *Anales Galdosianos*, desde 1965.

La invitación susodicha debió de ser recibida con asombro, y por supuesto produjo mucha expectación, pues el tipo de ensayo que se ofrecía de un modo tan formal era una experiencia nueva en España. Las invitaciones fueron enviadas a la flor y nata de los periodistas, artistas, pintores, músicos, escritores, políticos y médicos de la capital de España, que entonces bordeaba el medio millón de habitantes.

La novedad de aquel *ensayo general* fue que se representó con vestuario, decoraciones, muebles y todo lo concerniente a un montaje y puesta en escena total de una obra de teatro.

Conocemos detalles muy interesantes y sugestivos sobre aquel ensayo general del 29 de enero de 1901 en el Teatro Español de Madrid. Ramiro de Maeztu lo relató en un artículo publicado en *El País* con el título «El público desde dentro». Se describe en este artículo —el 31 de enero de 1901— la tensión emocional que había entre el público y la actitud impertinente y agresiva entre los más jóvenes invitados. También Maeztu ofrece la lista de las personas (hombres todos) más conocidos en el Madrid de entonces: Amadeo Vives, Pío Baroja, Valle-Inclán, Joaquín Sorolla, Echegaray y J. Martínez Ruiz, que todavía no firmaba con el seudónimo de *Azorín*. Al día siguiente, tuvo lugar el estreno de *Electra*: el Teatro Español se llenó —era el estreno oficial—; hombres de muy distintas ideologías estaban presentes. Lo notable es que todo el público estaba en cierto modo alertado, sabían todos «de qué trataba la obra» y lo sabían porque los asistentes al ensayo general de la noche anterior habían divulgado en los puntos neurálgicos de la opinión madrileña la impresión que les había producido la representación de *Electra*.

## LA NOCHE DEL ESTRENO
## (30 DE ENERO DE 1901)

Todos cuantos iban entrando en el Teatro Español conocían la obra de oídas. En las redacciones de los periódicos, en las tertulias de los cafés, en el Ateneo de Madrid, en muchos despachos de los centros políticos, en la Universidad y, por supuesto, en muchos centros religiosos, sin excluir el propio obispado madrileño, es decir, en lo que más arriba hemos llamado centros neurálgicos de la opinión pública, el gran tema, la gran cuestión fue la obra teatral *Electra*.

Catorce veces salió Galdós a escena. Don Marcelino Menéndez Pelayo, cuya reacción favorable a la obra no cae en vacío (católico fervientísimo y maestro indiscutible de la historia literaria española, sus opiniones fueron aireadas por toda la prensa liberal) había afirmado que el cuarto acto de *Electra* «era uno de los actos más hermosos que se habían escrito en España» (*El Liberal*, 1 de febrero de 1901).

Baroja contó en sus memorias lo ocurrido en el famoso estreno. La representación fue interrumpida varias veces por los estruendosos aplausos del público y por los gritos contra el personaje de Pantoja. Ramiro de Maeztu, según el relato de Baroja, con voz tonante da un terrible grito de «¡Abajo los jesuitas!», cuando Máximo, en la escena x del acto cuarto, acomete a Pantoja y agarrándole por el cuello le arroja sobre un banco que hay en el jardín del palacio de los García Yuste. Añade Baroja: «Entonces todo el público comenzó a estremecerse, y algunas señoras de los palcos se levantaron para marcharse». El grito de Maeztu y la reacción de las señoras de los palcos se repetirán en las calles y en los teatros hasta casi cinco meses después del estreno.

En ninguna escena, en ninguna frase de los cinco actos de *Electra* hay ni la más leve referencia, ni la insinuación a los jesuitas; sin embargo, los que gritaban contra ellos habían personificado en el personaje de Pantoja a un padre jesuita —el padre Cermeño— sujeto verdadero de una historia real: «El caso de la señorita Ubao», dado a conocer por toda la prensa nacional de aquel entonces, y del que trataremos más adelante. En cuanto a las señoras que abandonaban el teatro en plena representación manifestando así su repulsa y desagrado también fueron escena y actitud repetidas en los meses siguientes al estreno y siempre en ocasión de otros estrenos. Cuando los periódicos recuerdan estas actitudes, hacen constar que se trata de *señoras:* en el estreno de Madrid, Baroja es más preciso: «señoras de los palcos».

## DESPUÉS DEL ESTRENO DE *ELECTRA*

Y luego llegó una especie de convulsión social que incluso fue calificada de «levantamiento general». En varias provincias españolas se proyectaron homenajes a Galdós, aunque en ninguna de ellas se tenían más noticias de *Electra* que las aparecidas en los diarios madrileños. Los amigos de Galdós que vivían en provincias, enterados del éxito de su obra, escribieron y hasta algunos enviaron telegramas —que por entonces solían utilizarse solo para comunicar las malas noticias— felicitando a don Benito. Leopoldo Alas, *Clarín*, le dice en carta:

> Figúrese si estaré contento y entusiasmado con el gran éxito, *único* (subraya Clarín) de *Electra*. Aquí tampoco se habla de otra cosa. Todos me preguntan si conozco la obra. Si se hace algo *general* [subrayado], en Oviedo no nos quedaremos atrás. Si nos autorizan el mitin del 11 hablaremos en Campoamor [el teatro de Oviedo] Melquíades Álvarez y yo de *Electra*... de oídas. Mándeme la obra en cuanto se imprima.

El estreno de *Electra* produjo además otras reacciones, diríamos, pintorescas: aparecieron en las tiendas y mercados sombreros, caramelos, licores con el nombre de Electra. El restaurante Lhardy, el más famoso y elegante de Madrid, puso el nombre de la obra galdosiana a uno de los platos ofrecidos en el menú de la casa.

A finales del mes de febrero se estrenaría en el Teatro Eslava de Madrid una parodia de *Electra* con el título de *¡Alerta!*, escrita por dos comediógrafos especializados en obras divertidas e intrascendentes, los señores Escacena y Muñoz. La parodia fue autorizada por Galdós. Esa clase de parodias de grandes obras famosas era muy popular en el Madrid de principios de siglo. El procedimiento fue estudiado por don Alonso Zamora Vicente en su «Discurso de Ingreso en la Real Academia Española» (1967). Allí se nos ofrecen curiosos ejemplos de titulación paródica: la ópera *Carmen* se convirtió en *Carmela*; *La Dolores,* de Bretón, en *Dolores... de cabeza,* la ópera *La Bohéme,* de Puccini, en *La Golfemia.*

Sin duda alguna, el clamoroso éxito de *Electra* en Madrid fue el desencadenante de todo cuanto ocurrió en provincias en relación con este acontecimiento. En la capital de España la obra se representó durante ochenta noches consecutivas en el Teatro Español y veinte noches en el Teatro Novedades, que estaba en la calle de Toledo, un barrio popular que recibió la obra con fervor político. Fue en el Novedades donde parece que por vez primera, al finalizar la representación, se cantó el «Himno de Riego». La costumbre de cantar himnos de intención política se generalizó, añadiendo la música de «La Marsellesa» en los teatros donde había orquesta.

Se imprimió, igualmente en Madrid, una revista titulada *Electra*, donde colaboró la flor y nata de los escritores que pronto serían los grandes de la llamada generación del 98 y del modernismo. Galdós patrocinó la revista, escribiendo las páginas de presentación.

## CIRCUNSTANCIAS TEMPORALES DE LA *ELECTRA* DE GALDÓS

La sociedad española de principios del siglo xx estaba inmersa en una situación difícilmente soportable. Un periodista de entonces, Fernando Soldevilla, empezó a publicar —un volumen por año— las noticias más importantes aparecidas en toda clase de periódicos españoles. Tituló los volúmenes *El año político*, seguido de la cifra correspondiente a cada año. El referido a 1901 enseña, más que muchos libros de historia, la de este desventurado año. Sobresalen las noticias infaustas: hambre, analfabetismo, desesperación del pueblo llano. Conmueve saber que pueblos enteros, todos sus habitantes, solicitan permiso para emigrar a América, a la República Argentina mayormente. Los políticos de todas las tendencias coinciden en asegurar que hay dos tensiones candentes: la cuestión social y la cuestión religiosa; el cuerpo y el alma de la nación, diría un sencillo párroco. En *El año político. 1901*, Soldevilla introduce una noticia teatral: el estreno de *Electra*. Y claro que fue una noticia política.

Todos cuantos han escrito, entonces, después y ahora, sobre esta obra galdosiana, la relacionaron y la relacionan con tres acontecimientos de índole religiosa, política y social. Los tres conmovieron a los españoles; los enfrentaron también, les hicieron tomar partido y eso lo comprendieron los políticos. Y tomaron buena cuenta de ello. Veamos cuáles fueron estos acontecimientos.

## El caso de la señorita Ubao

En 1898 una señora de la alta burguesía, doña Adelaida de Icaza, viuda de Ubao, asistió con su hija Adelaida a unos ejercicios espirituales, dirigidos por el padre jesuita Fernando Cermeño. La señorita Ubao de Icaza tenía novio formal, lo cual, según las costumbres sociales de la época, hacía presumir que el novio sería pronto esposo de la joven. Pero no; el padre Cermeño, ya confesor de Adelaida a raíz de los ejercicios espirituales, impulsó a su dirigida al rompimiento de las relaciones con su prometido. Después, Adelaida declara a su madre y a su hermano mayor su intención de ingresar en el noviciado de un convento, ya que, según el padre Cermeño, ese era el camino más seguro para su salvación eterna. La señora Ubao y su hijo mayor, Eduardo, se oponen tajantemente a los deseos de su hija y hermana Adelaida. Sospechan, y así lo dicen, que está influida por las sugestiones del padre Cermeño. No la convencen. El 12 de mayo de 1900 Adelaida se escapa de casa y se interna en el convento madrileño de las Esclavas del Corazón de Jesús, situado en el paseo del Obelisco.

A principios del verano de 1900, los periódicos de toda España cuentan los antecedentes y el desarrollo del «Caso Ubao». La señorita Ubao continúa en el convento madrileño.

Ni su madre ni su hermano han podido sacarla de allí. Adelaida se niega a salir y las monjas del convento, inseguras y perplejas, no saben qué partido tomar. Hecha la denuncia en un juzgado, ya que la señora Ubao considera que su hija está allí sugestionada por voluntades ajenas a la suya propia, el juzgado correspondiente niega a la madre el derecho de recuperar a su hija. Entonces se acude al Tribunal Supremo, y se nombra abogado de la familia a un famoso jurisconsulto, catedrático de la Universidad de Madrid: don Nicolás Salmerón.

En varias ocasiones Galdós negó que el «Caso Ubao» tuviera que ver algo con *Electra*, pero claro que lo tuvo. La noche del estreno se estaba esperando la resolución del Supremo. La sentencia favorable a la familia Ubao llegó el 19 de febrero de 1901. Fácil es comprender que los asistentes a las representaciones de *Electra* veían en el también «secuestro conventual» de la protagonista de Galdós una semejanza muy sugestiva con el caso Ubao.

Sin embargo, las dos protagonistas (Adelaida y Electra) son dos muchachas muy, muy diferentes. La heroína de Galdós es encantadora, expansiva y simpática, con un punto de desequilibrio nervioso, derivado de sus orígenes familiares [léase el texto de la obra]. El carácter de Adelaida es muy otro al de la infeliz Electra, decidida, segura de sí misma, poco o nada tierna y sin ningún torcedor familiar que le produjera temor o angustia. Ni siquiera su propio caso, hecho público, le acomplejará. Dictada la sentencia del Tribunal Supremo que la obliga a reintegrarse al domicilio materno, se despide de las monjas con serenidad. Llegada a casa, al advertir que hay unos caballeros cuya identidad desconoce, pregunta: «Si está entre ellos el señor Salmerón [que ha sido el representante legal de su madre] no lo quiero ver, porque le voy a soltar un descaro». Cuando la madre le pregunta si es cierto que piensa presentar una acusación de malos tratos, la joven responde: «Me lo han propuesto, pero todavía no he contestado a la consulta». Dos días más tarde, don Antonio Maura, como abogado de la señorita Ubao, presentaba «demanda de depósito provisional, por ser sospechoso el domicilio de la madre de la señorita».

Para terminar con la historia del «Caso Ubao», el Tribunal Supremo devolvió a la joven al domicilio de su madre, donde debía residir hasta cumplir los veinticinco años, cuando, según la ley, podría «tomar estado», en este caso religioso, sin previo consentimiento familiar. Le faltaban unos meses para cumplir esa edad, pero no volvió al convento hasta pasados cuatro años. En 1905 estaba en el noviciado de las Salesas, en Azpeitia. Al año siguiente falleció, víctima de una crisis gripal. Tenía veintinueve años.

En el verano de 1900, Galdós comenzaba a escribir en su casa de Santander la historia de *Electra*. Por su correspondencia con el doctor Tolosa Latour, sabemos que nuestro escritor era consciente de que su obra iba a ser conflictiva: «Estoy escribiendo, sí, una obra dramática que se titula *Electra*. Y no es floja tarea. Tiene cinco actos y mucha miga, más miga quizá de lo que conviene. Está toda planeada en diálogo. Escritos casi definitivamente tres actos». Clarín, desde Oviedo, también sabe qué está escribiendo su amigo Galdós y le dice en carta del 11 de noviembre: «¿Y Electra? ¿Es la Electra griega o una invención de usted? Por Dios, mire quién se la hace. […] No siendo María Guerrero, yo no veo Electras posibles. Si no se trata de la hija de Agamenón, no digo nada». Por supuesto, la *Electra* galdosiana, desde que su autor comenzó a escribirla, tenía mucha miga, como castizamente la juzgaba su autor, don Benito. *Electra* produjo todo un hervor social. Muchos consideraron la obra como «un nuevo episodio nacional de Galdós».

## La boda de la princesa de Asturias

La vida política española se vio perturbada por otro acontecimiento: la boda de doña María de las Mercedes, princesa de

Asturias, con su primo don Carlos de Borbón y Borbón. Las Cortes presentaron serias objeciones a tal enlace. El conde de Caserta, padre del novio, era un conocido carlista.Había sido jefe del Estado Mayor en el ejército del pretendiente don Carlos y, como tal, se le atribuían, al futuro suegro de la princesa de Asturias, desafueros y violencias de las tropas a su mando contra las poblaciones civiles. Especialmente se hacía hincapié en la influencia reaccionaria que sobre la princesa de Asturias tendría, presumiblemente, la familia de su esposo. Por otra parte, se argumentaba que, si el rey, aún bajo la regencia de su madre, la reina María Cristina, muriese antes de matrimoniar y tener sucesión, la princesa de Asturias sería reina de España, y su esposo, rey consorte, miembro de una cualificada familia carlista. Desde hacía meses toda esta historia estaba en la calle, se comentaba entre el pueblo llano y se estudiaba críticamente en los centros del poder: las Cortes y el Senado.

Sin embargo, el matrimonio de la princesa de Asturias con el hijo del conde carlista se llevó a cabo. La reina madre, doña María Cristina, lo defendió, alegando el amor de los jóvenes prometidos. Las Cortes votaron la aprobación. Leer el diario de sesiones de las Cortes en que se aprobó aquel matrimonio es una experiencia curiosa, desconcertante: las diferentes facciones políticas aprueban el enlace, diríamos, por razones sentimentales. Se trataba de una joven pareja de enamorados.

Las fiestas oficiales en honor de los nuevos esposos les fueron amargadas con toda clase de violencias. Guardias municipales, civiles, agentes del orden público y los de entonces llamados de la «ronda secreta» protegieron los lugares donde se celebraban recepciones y festejos oficiales. Hubo mítines y manifestaciones. Temeroso el Gobierno de la fuerza social de las algaradas estudiantiles autorizó a los rectores de las universidades para que adelantasen las vacaciones de Carnaval. Algunos distritos universitarios rechazaron indignados la oferta «generosa» del ministro correspondiente. El matrimonio religioso tuvo lugar el 14 de febrero, en pleno éxito de *Electra*. El Gobierno conservador, presidido por el general Azcárraga, presentó su dimisión a la reina regente. El 6 de marzo se formó el nuevo equipo ministerial, presidido por Práxedes Mateo Sagasta, jefe del Partido Liberal. Recordamos que a este Gobierno se le llamó «Ministerio Electra».

## *La Ley de Asociaciones de 1901. El año anticlerical*

En el «Caso Ubao» y en la boda de la princesa de Asturias hay una cuestión recurrente que envuelve los dos acontecimientos: un proceso social de anticlericalismo que, en varias ocasiones, llega a extremos de violencia pura y dura y, en general, suscita un comportamiento ciudadano de crispación y descontento. Ese anticlericalismo no fue solo una circunstancia española, Francia y Portugal pasaron por la misma situación, aunque en nuestros dos vecinos países el anticlericalismo tomase formas y conclusiones diferentes a las nuestras. En la historia europea, 1901 fue llamado «el año anticlerical».

La religiosidad, que es la manifestación pública y evidente de la fe, no puede menos que implicarse en las ideas políticas que entonces, como siempre, aspiraban a transformar la sociedad civil. El Partido Liberal español, que calificaríamos hoy como la izquierda del Parlamento de la Regencia de la reina María Cristina, tiene que habérselas con la manera y el procedimiento de explicar a la sociedad española qué son y en qué consisten esas nuevas ideas. En principio, la nueva ideología choca dramáticamente con una gran parte del clero, que se pone en guardia. Entonces se publica en 1884 un libro de Sardá y Salvany con título muy concluyente: *El liberalismo es pecado*. Un sacerdote, del círculo de asesores religiosos del Palacio Real de Madrid, publica una reseña elogiosa de la obra de Sardá y Salvany, con el mismo título, en *El siglo futuro,* de ideología muy conservadora.

Por otra parte, empiezan a cruzar nuestras fronteras importantes comunidades religiosas francesas, dedicadas a la enseñanza, expulsadas del país vecino a causa de nuevas leyes anticlericales.

En este ambiente, surge el tema de la Ley de Asociaciones. La ley había sido promulgada en 1887, pero ahora, a principios de siglo, en una nueva dimensión: el Partido Liberal quería que se aplicara a las congregaciones religiosas, insistiendo en que los estatutos de estas debían ser aprobados o rechazados por los órganos correspondientes del propio Estado. Se abrió la caja de Pandora: los comerciantes acusaban de competencia ilegal a los conventos que sostenían industrias (que entonces eran pequeños talleres de bordado, artesanía y confitería) y los periódicos de corta tirada, especializados en truculencias, sacaron a relucir la moral (que entonces, como todavía en nuestro tiempo, muchos creían que era solo lo sexual), o casos de crueldad o sadismo: niñas maltratadas, sometidas a humillaciones, etc. Los cargos más sugestivos y sugestionables se hicieron contra la Compañía de Jesús: se acusaba a los jesuitas de apoderarse de los bienes y haciendas de seglares, dirigidos por astutos confesores, y que la educación impartida en sus colegios deformaba, en beneficio de la Compañía, la personalidad de los alumnos.

El ataque contra las congregaciones religiosas se libró en dos frentes: la revuelta callejera y el bloque de los políticos liberales, unido a un grupo numeroso de intelectuales de la Institución Libre de Enseñanza.

El 9 de abril de 1901, cuando las representaciones de *Electra* estaban en pleno apogeo, Galdós publicó en *El Liberal* de Madrid un artículo titulado «La España de hoy». Don Benito se despachó a su gusto contra los jesuitas. Es un artículo muy largo que incluyó completo la gran hispanista Josette Blanquat en su magnífico estudio «Au temps d'*Electra (Bulletin Hispanique*, 1966, pp. 253-308). Escribe allí nuestro autor sobre los chicos de «buenos modales y una frialdad tónica», sometidos a la dirección y consejo de sus confesores. Don Benito asegura que a los jesuitas no les interesaba el dominio de las muchedumbres, sino el de las clases pudientes, principalmente en España, la burguesía enriquecida por los negocios de contratas para el abastecimiento de la guerra carlista. Asimismo esa burguesía había conseguido a bajo precio edificios magníficos, obras de arte de alta calidad y fincas y terrenos rurales en las subastas de las desamortizaciones de bienes eclesiásticos. Galdós alude además a la nueva imagen de los interiores de las iglesias españolas: los jesuitas habían adecentado nuestros templos, que hasta mediados del siglo XIX se distinguían por su desaseo y hasta cochambre. Las comunidades francesas refugiadas en España implantaron en nuestras iglesias una limpieza rigurosa en los suelos y en las imágenes escultóricas y ofrecieron a los fieles en general bancos y sillas para seguir con más comodidad los actos litúrgicos. Incluso impusieron, para la clase noble y de la alta burguesía, el uso del *reclinatorio* individual, que las damas linajudas adornaban con una placa de plata en la que estaba grabado el nombre, y en su caso, el título nobiliario de la propietaria.

Galdós aludió con alguna frecuencia, en sus novelas y obras de teatro, a lo que en el artículo «La España de hoy» llama «conciencias turbadas» de la burguesía rica, que incluso decoró sus caudales con títulos de nobleza, casando a sus hijas o hijos con la aristocracia empobrecida. Los enriquecidos por medios dudosos buscaron con frecuencia la cancelación de sus culpas por donaciones suntuosas a las congregaciones, por la construcción de edificios religiosos y por el ejercicio de una vida piadosa altiva y señorial. Comerciantes y especuladores de Bolsa hicieron de sus relaciones con Dios un negocio de toma y daca *(do ut des)*. Buen ejemplo es recordar que el personaje de Torquemada, de la famosa trilogía galdosiana, recurre a las mismas artes cuando acude a Dios para que salve la vida de su hijo. En el *Episodio Nacional Cánovas*, último que escribió don Benito, cuenta muy bien lo que sentía y opinaba sobre la Restauración y la invasión de las congregaciones francesas y los jesuitas. Pero es justo y necesario terminar con los párrafos finales del artículo «La España de hoy» que hace cien años, al hilo del estreno teatral más estruendoso y famoso de la historia de nuestro teatro, escribió don Benito Pérez Galdós.

«No se pone en tela de juicio ningún principio religioso de los que son base de nuestras creencias; lo que se litiga es el dominio social y régimen de los pueblos». Y dice a continuación: «Por esto, el buen arte político aconseja que no se complique el problema confundiendo en un solo anatema a las dos familias sacerdotales, y si en otro tiempo dijo alguien: "No toquéis a la Marina", ahora todos debemos decir a los gobernantes: "No toquéis al clero secular"».

Pero de nuevo hay que insistir: en *Electra* no hay ataques específicos a la Compañía de Jesús, sí los hay y muy claros para quien lea la obra; y los hubo para quienes asistieron a las representaciones teatrales, hace un siglo. Las tensiones sociales y políticas vividas y sufridas por los españoles de aquel entonces sirvieron para explicar y desembozar cuanto ocurría en la escena teatral; en algunos casos viniera o no a cuento, pero así fue.

# Y, AHORA, *ELECTRA*

Durante casi cincuenta años, a partir del estreno de *Electra*, pasados los dos años subsiguientes, fueron muy raras las ediciones sueltas de esta obra teatral. Si sobre el estreno siguen apareciendo aún artículos en revistas especializadas, del texto completo de la obra solo existe en edición suelta la de 1981 de la editorial Hernando. Desde 1936 a 1951 tampoco hay ediciones de ninguna de las obras teatrales galdosianas; en 1951 la editorial Aguilar publica las *Obras Completas*, en cuyo tomo VI (final de la serie) se incluye la producción teatral de don Benito. El autor de la edición e introducciones de las *Obras Completas*, don Federico Sainz de Robles, dice así de las veintidós obras dadas al público por Galdós:

> La producción teatral de Galdós se inició el 15 de marzo de 1892, con el estreno de *Realidad*, y termina el 8 de mayo de 1918, con el de *Santa Juana de Castilla*. La primera, en el Teatro de la Comedia, por la compañía de Emilio Mario. La última, en el Teatro de la Princesa, por la compañía Guerrero-Mendoza. *Realidad*, con éxito de público apoteósico y reparón de crítica. *Santa Juana de Castilla*, con un éxito muy estimable de público y muy laudatorio —demasiado incondicional para ser sincero— de crítica. En veintisiete años de labor estrenó veintidós obras y dejó inéditas dos: *Antón Caballero* —arreglada por los hermanos Álvarez Quintero, grandes galdosianos, y estrenada después de muerto Galdós— y *Un joven de provecho*.

Esta última fue publicada por vez primera en las *Obras Completas* de Aguilar.

Pero, desde la publicación de las *Obras Completas* en Aguilar en 1951, la dramaturgia galdosiana ha aumentado de número entre obras estrenadas y obras escritas: hoy podemos afirmar que don Benito Pérez Galdós escribió veintisiete obras. (Véase la lista en la página 31 de la excelente obra de Fernando Hidalgo, *Electra, en Sevilla*, Ayuntamiento de Sevilla, 1985.)

Presentadas ya aquí lo que hemos llamado las circunstancias temporales del estreno de *Electra*, tal vez sería conveniente hacer un resumen lo más objetivo posible del argumento de la obra. Ahí va:

Los señores de García Yuste (Evarista y Urbano), matrimonio muy rico, piadoso y sin hijos, han recogido en su casa a la joven (dieciocho años) Electra, hija natural de una prima hermana de Evarista. Electra se ha educado desde los cinco años en un colegio de ursulinas en Bayona, y después de una corta temporada, en Hendaya, con unos parientes de su madre. En casa de los García Yuste conoce Electra a un reducido número de personas que frecuentan diariamente a sus tíos. Don Salvador Pantoja, hombre atormentado por los pecados de su juventud, que ahora lleva una vida austera y piadosa, es generoso protector del convento de San José de la Penitencia, donde pasó los últimos días de su vida la madre de Electra y donde fue enterrada. Don Leonardo Cuesta es agente de bolsa y gestor administrativo y financiero de los García Yuste. Máximo (treinta y cinco años), sobrino de Evarista y Urbano, vive en una casa contigua a la de sus tíos; es ingeniero, viudo, con tres niños pequeños, rico por herencia de sus padres y dedicado plenamente a investigaciones relacionadas con la electricidad en un laboratorio instalado en su propio domicilio. Por último, el marqués de Ronda (cincuenta y ocho años), muy rico, casado con una amiga de Evarista, dama devota dedicada a múltiples obras piadosas. El marqués de Ronda, juerguista y mujeriego en su juventud, vive ahora en un limbo de paz. Electra se convierte de inmediato en el objeto de atención de todos estos personajes. Pantoja y Cuesta, por separado, le dan a entender con reticencias e insinuaciones, que son sus padres y cada uno en su estilo le ofrece protección: Cuesta

le promete su fortuna cuando él muera, y morirá pronto porque
está gravemente enfermo del corazón; Pantoja va llenando el espíritu de Electra de oscuros temores y angustias. Según Pantoja,
el destino de Electra es un convento, aquel donde está enterrada
la madre de la joven. Al mismo tiempo, Máximo, atraído por
el encanto juvenil de Electra, comienza con ella un idilio que
terminará en declaración de amor y petición de mano que hace
oficial ante los García Yuste. Pantoja, que ha mirado siempre con
prevención la personalidad científica de Máximo, ve perdidas las
esperanzas de que Electra ingrese en el convento, único medio,
según él, de prevenir que la joven se descarríe como su madre, y
asimismo para que con el sacrificio y oración expíe los pecados
maternos y paternos. Pantoja, en fin, levanta una intriga: declara
a Electra que Máximo es hermano de ella. La joven en un estado casi demencial se deja conducir al convento. Máximo y el
marqués de Ronda acuden al claustro para poner en claro, con
pruebas irrefutables, la falsedad de Pantoja. Pero es la sombra
de la madre de Electra la que se aparece a su hija, la convence y
tranquiliza, instándola a que vuelva al mundo: «Dios está en todas partes… Yo no supe encontrarle fuera de aquí… Búscale en
el mundo por senderos mejores que los míos». Llegan Máximo
y el marqués de Ronda, Electra corre hacia ellos. Pantoja pregunta: «¿Huyes de mí?», y Máximo responde: «No huye, no…
Resucita».

Ahora, leído el texto de la obra con sosiego, y las circunstancias temporales de la época en que se escribió, los lectores y
lectoras de nuestro final del siglo xx podrán extraer sensatas
consecuencias sobre obra tan singular. Si la historia es, como
aseguraron los clásicos latinos, «maestra de la vida, luz de la
verdad y anunciadora de la posteridad»; si como han asegurado en nuestros días que «los pueblos que olvidan su historia
están condenados a repetirla», digno y justo será leer con atención esta *Electra* que conturbó a miles de españoles. Muchos
hallaron en el texto galdosiano, por encima de lo más obvio de

aquellos años —política y religión—, otras claves y sugestiones que hoy día siguen preocupándonos, aunque las circunstancias sean otras.

En Galdós, un hombre «viril y mujeriego», como lo calificó su amigo y médico el doctor Marañón, fue la mujer la protagonista de casi la totalidad de sus obras teatrales, y en una porción muy alta en sus novelas. Y de todos nuestros escritores, en todos los tipos de mujeres que describió el gran Galdós sobresale el talento, el genio de un hombre que, sin duda alguna, fue el que mejor conoció y se interesó por ese ser humano que es la mujer. Por encima de todos —muchos, ciertamente— de sus amores, amoríos, líos circunstanciales y vulgares, escribió mejor que nadie la historia de la mujer española durante dos siglos —el XVIII y el XIX— y eso, de verdad, no es digno que lo olvidemos.

Queda, por último, algo que comentar: el título de la obra y el sobrenombre con que se reconoce a la protagonista: Electra. En la pieza teatral se da una explicación: «A su desdichada madre, Eleuteria Díaz, los íntimos la llamábamos también Electra no solo por abreviar, sino porque a su padre, militar valiente, desgraciadísimo en su vida conyugal, le pusieron Agamenón». Por eso la joven Eleuteria recibe también el mismo nombre que su madre, siendo así Electra Segunda.

Pero no se olvide que la onomástica en la producción de Galdós, tiene casi siempre una función significativa, que atañe al carácter o ideología del personaje. Si descartamos cualquier relación argumental entre nuestra *Electra* y las clásicas de Sófocles y Eurípides (la explicación de ese descarte no parece necesaria aquí) aventuramos otra explicación para el título, inspirada en la palabra «electricidad», cargada de connotaciones a principios del siglo.

La sociedad de 1850 había sido la del vapor; a finales del siglo XIX el invento eléctrico comenzó a extenderse, a iluminar calles y plazas, a mover la industria. Antonio Flores, en su obra *Ayer, hoy y mañana*, había subtitulado esta última sección «La chispa eléctrica». El título de la pieza teatral de Galdós, buscado adrede o no por su autor, expresa un símbolo de aquella sociedad, una llamada de atención a lo nuevo, a lo insólito. Máximo, el brioso ingeniero amigo y enamorado de Electra, se dedica a hacer experiencias con la electricidad (en algún periódico se le llama «ingeniero electricista»), y está en contacto con empresas vascas y catalanas para industrializar sus inventos. Galdós, tan apreciado hoy por los historiadores españoles de este período, no eludió introducir en sus obras datos y noticias sobre inventos o circunstancias económicas que le parecieron decisivas en la evolución de la sociedad española. A Electra, su heroína de la libertad, la que electrizó a cientos de españoles representando la historia personal de una muchacha sensible, encantadora, que, finalmente, se liberaba de quienes querían dominarla, subyugarla; a esa Electra le puso Galdós el nombre que era el símbolo del progreso y del cambio. *Se non e vero...* ¿no?

# BIBLIOGRAFÍA

## GALDÓS Y SU OBRA: NOVELA Y TEATRO

AGUIRRE, ARANTXA, *34 actores hablan de su oficio*, Madrid, Cátedra, 2008.

— *Buñuel, lector de Galdós*, Las Palmas, Cabildo Insular de Gran Canaria, 2006.

AMOR DEL OLMO, ROSA, *Benito Pérez Galdós. Teatro Completo*, Madrid, Cátedra, 2009.

ARENCIBIA, YOLANDA (ed.), en Benito Pérez Galdós, *Teatro*, tomos, 1, 2, 3, 4, Las Palmas, Cabildo Insular de Gran Canaria, 2010.

BERENGUER, ÁNGEL (ed.), *Los estrenos teatrales de Galdós en la crítica de su tiempo*, Madrid, Comunidad de Madrid, 1988.

BERKOWITZ, H. CHONON, *Pérez Galdós. Spanish Liberal Crusader (1843-1920)*, Madison, University of Wisconsin Press, 1948.

BRAVO-VILLASANTE, CARMEN, *Galdós visto por sí mismo*, Madrid, Magisterio Español, 1970.

CABALLÉ, ANNA, *El feminismo en España. La lenta conquista de un derecho*, Madrid, Cátedra, 2013.

CARBALLAL MIÑÁN, PATRICIA, *El teatro de Pardo Bazán. Datos para su historia escénica y para su recepción crítica* (tesis doctoral), A Coruña, Universidad de A Coruña, 2015.

CÁNOVAS SÁNCHEZ, FRANCISCO, *Benito Pérez Galdós: Vida obra y compromiso*, Madrid, Alianza editorial, 2019.

CARDONA, RODOLFO, «Estudio preliminar», en *La incógnita y Realidad*, Madrid, Akal, 2009, pp. 7-30.

CASALDUERO, JOAQUÍN, *Vida y obra de Galdós (1943-1920)*, Madrid, Gredos, 1951.

DELGADO, ALBERTO, *Sinesio Delgado y su obra*, Madrid, Ediciones Conferencias y Ensayos, 1962.

ESTÉVEZ, FRANCISCO, *Galdós en sus textos. Asedios críticos para una Hermenéutica*, Valladolid, Anejos Siglo Diecinueve, 2016.

FINKENTHAL, STANLEY, *El teatro de Galdós*, Madrid, Fundamentos, 1980.

GÓMEZ DE BAQUERO, EDUARDO ANDRENIO, *Letras e ideas*, Imprenta de Heinrich y Cía., Barcelona, 1905.

GULLÓN, GERMÁN (coeditor con Marta Sanz), *Benito Pérez Galdós). La verdad humana*, Madrid, Biblioteca Nacional de España, 2019.

— *La novela de Galdós, El presente como materia literaria*, Madrid, Isidora, 2014.

GULLÓN, RICARDO, *Técnicas de Galdós*, Madrid, Taurus, 1970.

— *Galdós, novelista moderno*, Madrid, Taurus, 1960/1986.

LÓPEZ, IGNACIO JAVIER, *La novela ideológica (1875-1880)*, Madrid, Ediciones de la Torre, 2014.

MENÉNDEZ ONRUBIA, Carmen, «Tres actrices para el teatro de Galdós: María Guerrero, Matilde Moreno y Margarita Xirgu», en Germán Gullón y Marta Sanz (eds.) *Benito Pérez Galdós. La verdad humana*, Madrid, Biblioteca Nacional de España, 2019, pp. 125-151.

— «Un joven periodista llamado Pérez Galdós. Testimonios coetáneos», *Actas del X Congreso Internacional Galdosiano*, Las Palmas, Cabildo Insular de Gran Canaria, 2015, pp. 533-541

— *El dramaturgo y los actores. Epistolario de Benito Pérez Galdós, María Guerrero y Fernández Díaz de Mendoza*, Madrid, CSIC, 1984.

— *Introducción al teatro de Benito Pérez Galdós*, Madrid, CSIC, 1983.

MONTESINOS, JOSÉ F., *Galdós, I, II, III*, Madrid, Castalia, 1968-1973.

ORTIZ DE ARMENGOL, PEDRO, *Vida de Galdós*, Barcelona, Crítica Bolsillo, 2000.

— *Vida de Galdós*, Barcelona, Crítica, 1995.

RUIZ RAMÓN, FRANCISCO, *Historia del teatro español (desde sus orígenes hasta 1900)*, Madrid, Cátedra, 1988.

# BIBLIOGRAFÍA

SÁNCHEZ, ROBERTO, «Galdós y el oficio teatral: apuntes sobre *La de San Quintín*», *Anales galdosianos*, XXI, 1986, pp. 195-203.

VALERO GARCÍA, eduardo, *Benito Pérez Galdós. La figura del realismo español*, Valencia, Sargantana, 2019.


## SOBRE *ELECTRA*


BAROJA, PÍO, «El estreno de *Electra*», *Obras completas*, VII, Madrid, Biblioteca Nueva, 1949, pp. 741-742.

CATENA, ELENA, «Circunstancias temporales de la Electra de Galdós», *Estudios escénicos*, 18, 1974, pp. 79-112

— «Entrevista. En casa de Galdós», *Diario de las Palmas*, 7-2-1901.

FOX, INMAN E., «Galdós's *Electra*. A Detailded Study of its Historical Significance and the Polemic between Martínez Ruiz and Maeztu», *Anales galdosianos*, I, 1966, pp. 131-141.

IGLESIAS ZOIDO, J. C., «Anagnórisis en *Electra* de Galdós», *Bulletin Hispanique*, 108, 2006, pp. 459-474.

LAPEÑA, ALEJANDRO, L., «Electra, Dios y Galdós: comparativa y temática de una *Electra* en los albores del siglo XX», en Paola Bellomi, Claudio Castro Filho, Elisa Sartor (eds.), *Desplazamientos de la tradición clásica en las culturas hispánicas*, Coimbra, Universidade de Coimbra, 2018, pp. 137-151.

LÓPEZ JIMÉNEZ, LUIS, «El estreno de *Electra* en París», *Actas del III Congreso Internacional de Estudios Galdosianos*, Las Palmas, Cabildo Insular de Gran Canaria, II, 1989, pp. 405-415.

PÉREZ GALDÓS, BENITO (ed. de Luis F. Díaz Larios), *Electra*, Madrid, Cátedra, 2002.

— Manuscrito de *Electra*, Las Palmas, Casa-Museo Pérez Galdós, 1901.

— Copia para actores, *Electra*, Biblioteca Nacional de España, fue catalogado en 2019.

QUINTANA, MARÍA ROSA (coord.), *Electra de Pérez Galdós. Cien años de un estreno*, Las Palmas, Cabildo Insular de Gran Canaria, 2001.

SOBEJANO, GONZALO, «Razón y suceso de la dramática galdosiana», *Anales galdosianos*, V, 1970, pp. 39-54.

# ELECTRA

*Drama en cinco actos*

*Representose en el Teatro Español, de Madrid,*
*la noche del 30 de enero de 1901*

## REPARTO

| PERSONAJES | ACTORES |
|---|---|
| Electra (dieciocho años) | Doña Matilde Moreno |
| Evarista (cincuenta años), esposa de don Urbano | Doña Emilia Llorente |
| Máximo (treinta y cinco años) | Don Francisco Fuentes |
| Don Salvador Pantoja (cincuenta años) | Don Ricardo Valero |
| Marqués de Ronda (cincuenta y ocho años) | Don Fernando Altarriba |
| Don Leonardo Cuesta, agente de Bolsa (cincuenta años) | Don Ramón Vallarino |
| Don Urbano García Yuste (cincuenta y cinco años) | Don José Sala Julián |
| Mariano, auxiliar de laboratorio | Don José Culvera |
| Gil, calculista | Don Julio del Cerro |
| Balbina, criada vieja | Doña María Anaya |
| Patros, criada joven | Doña Antonia Arévalo |
| José, criado viejo | Don Fernando Calvo |
| Sor Dorotea | Doña Consuelo Badillo |
| Un Operario | Don Sixto Coduras |
| La Sombra de Eleuteria | Doña Florentina A. del Valle |

NOTA. Accediendo a los deseos de la Empresa y del autor, la primera actriz doña Consuelo Badillo ha desempeñado un papel inferior a su categoría artística.

La acción, en Madrid, rigurosamente contemporánea.*

---

* *Rigurosamente contemporánea:* Esta advertencia —rigurosamente— parece indicar que Galdós deseaba que los espectadores o lectores de su obra tuviesen en cuenta que cuanto ocurriera en escena era algo que pasaba o podía pasar en la vida o en el contorno social o familiar de sus contemporáneos. (Véase nuestra Introducción.)

# ACTO PRIMERO

*Sala lujosa en el palacio de los señores de García Yuste. A la derecha, paso al jardín. Al fondo, comunicación con otras salas del edificio. A la derecha, primer término, puerta de la habitación de Electra. (Izquierda y derecha se entienden las del espectador.)*

## ESCENA I
*(El marqués y José por el foro.)*

JOSÉ.—Están en el jardín. Pasaré recado.

MARQUÉS.—Aguarda. Quiero dar un vistazo a esta sala. No he visitado a los señores de García Yuste desde que habitan su nuevo palacio... ¡Qué lujo!... Hacen bien. Dios les da para todo, y esto no es nada en comparación de lo que consagran a obras benéficas. ¡Siempre tan generosos!

JOSÉ.—¡Oh, sí, señor!

MARQUÉS.—Y siempre tan retraídos..., aunque hay en la familia, según creo, una novedad muy interesante...

JOSÉ.—¿Novedad? ¡Ah, sí!..., ¿lo dice por...?

MARQUÉS.—Oye, José: ¿harás lo que yo te diga?

JOSÉ.—Ya sabe el señor marqués que nunca olvido los catorce años que le serví... Mande vuecencia.[1]

MARQUÉS.—Pues bien: hoy vengo exclusivamente por conocer a esa señorita que tus amos han traído poco ha de un colegio de Francia.

JOSÉ.—La señorita Electra.

---

[1] *Mande vuecencia* es síncopa de «vuestra excelencia», tratamiento debido al marqués. Los tratamientos de cortesía o simplemente de respeto eran usados para la clase media alta y la aristocracia de hace un siglo. Los criados de esas clases sociales era lo primero que aprendían al entrar a servir en aquellas familias.

MARQUÉS.—¿Podrás decirme si sus tíos están contentos de ella, si la niña se muestra cariñosa, agradecida?

JOSÉ.—¡Oh, sí!… Los señores la quieren… Solo que…

MARQUÉS.—¿Qué?

JOSÉ.—Que la niña es algo traviesa.

MARQUÉS.—La edad…

JOSÉ.—Juguetona, muy juguetona, señor.

MARQUÉS.—Es monísima: según dicen, un ángel…

JOSÉ.—Un ángel, si es que hay ángeles parecidos a los diablos. A todos nos trae locos.

MARQUÉS.—¡Cuánto deseo conocerla!

JOSÉ.—En el jardín la tiene vuecencia. Allí se pasa toda la mañana enredando y haciendo travesuras.

MARQUÉS *(Mirando al jardín).*—Hermoso jardín, parque más bien: arbolado viejo, del antiguo palacio de Gravelinas…

JOSÉ.—Sí, señor.

MARQUÉS.—La magnífica casa de vecindad que veo allá, ¿no es también de tus amos?

JOSÉ.—Con entrada por el jardín y por la calle. En el piso bajo tiene su laboratorio el sobrino de los señores: el señorito Máximo, primer punto de España en las matemáticas y en la… en la…

MARQUÉS.—Sí; el que llaman «el mágico prodigioso»…[2] Le conocí en Londres…, no recuerdo la fecha… Aún vivía su mujer.

JOSÉ.—El pobrecito quedó viudo en febrero del año pasado… Tiene dos niños lindísimos.

---

[2] *El mágico prodigioso:* título de una obra de Calderón de la Barca publicada en 1663. Inspirada en una historia cristiana de dos mártires —san Cipriano y santa Justina de Alejandría— no parece que su argumento tenga nada que ver con la historia y el tema de la *Electra* galdosiana. En Calderón, es el diablo en persona quien hace prodigios, sirviéndose de la naturaleza, para ganar el alma de un caballero pagano enamorado de la hermosa Justina, doncella cristiana. (Sobre por qué a Máximo se le llama «mágico prodigioso» varias veces en esta obra de Galdós, véase nuestra Introducción.)

MARQUÉS.—No hace mucho he renovado con Máximo mi antiguo conocimiento, y aunque no frecuento su casa, por razones que yo me sé, somos grandes amigos, los mejores amigos del mundo.

JOSÉ.—Yo también le quiero. ¡Es tan bueno!…

MARQUÉS.—Y dime ahora: ¿no se arrepienten los señores de haber traído ese diablillo?

JOSÉ *(Recelando que venga alguien)*.—Diré a vuecencia… Yo he notado… *(Ve venir a don Urbano por el jardín.)* El señor viene…

MARQUÉS.—Retírate…


ESCENA II

*(El marqués y don Urbano.)*


MARQUÉS *(Dándole los brazos)*.—Mi querido Urbano.

DON URBANO.—¡Marqués! ¡Dichosos los ojos!…[3]

MARQUÉS.—¿Y Evarista?

DON URBANO.—Bien. Extrañando mucho las ausencias del ilustre marqués de Ronda.

MARQUÉS.—¡Ay, no sabe usted qué invierno hemos pasado!

DON URBANO.—¿Y Virginia?

MARQUÉS.—No está mal. La pobre siempre luchando con sus achaques. Vive por el vigor tenaz, testarudo, digo yo, de su grande espíritu.

DON URBANO.—Vaya, vaya… ¿Conque…? *(Señalando al jardín.)* ¿Quiere usted que bajemos?

MARQUÉS.—Luego. Descansaré un instante. *(Se sienta.)* Hábleme usted, querido Urbano, de esa niña encantadora, de esa Electra, a quien han sacado ustedes del colegio.

---

[3] *¡Dichosos los ojos!:* Expresión de contento y cortesía porque hace tiempo que no se ha visto a la persona a quien se saluda. Esta fórmula de cortesía aún se usa, aunque rara vez se oye entre gente joven.

DON URBANO.—No estaba ya en el colegio. Vivía en Hendaya con unos parientes de su madre. Yo nunca fui partidario de traerla a vivir con nosotros; pero Evarista se encariñó hace tiempo con esa idea; su objeto no es otro que tantear el carácter de la chiquilla, ver si podremos obtener de ella una buena mujer, o si nos reserva Dios el oprobio de que herede las mañas de su madre. Ya sabe usted que era prima hermana de mi esposa, y no necesito recordarle los escándalos de Eleuteria, del ochenta al ochenta y cinco.

MARQUÉS.—Ya, ya.

DON URBANO.—Fueron tales, que la familia, dolorida y avergonzada, rompió con ella toda relación. Esta niña, cuyopadre se ignora, se crió junto a su madre hasta los cinco años. Después la llevaron a las Ursulinas de Bayona. Allí, ya fuese por abreviar, ya por embellecer el nombre, dieron en llamarla Electra, que es de grande novedad.

MARQUÉS.—Perdone usted, novedad no es: a su desdichada madre, Eleuteria Díaz, los íntimos la llamábamos también «Electra»,[4] no solo por abreviar, sino porque a su padre,

---

[4] *Electra:* Los primeros que tuvieron noticias de que Galdós estaba escribiendo una obra con este título supusieron que sería una interpretación modernizada de la Electra clásica griega. Los tres más grandes dramaturgos griegos (Esquilo, Sófocles y Eurípides) escribieron sendos dramas sobre la patética historia familiar de Electra, hija de los reyes griegos de Argos. No fue la intención de Galdós reactualizar, ni siquiera en líneas muy generales, la historia de la Electra clásica, solo en este comentario del marqués se hace referencia a la leyenda clásica y no podemos menos de imaginar las consultas de muchos espectadores o lectores de la Electra galdosiana a profesores doctos para aclarar «cultamente» los comentarios de los amigos del marqués. Para quien no conozca la historia ahí va un resumen: mientras Agamenón, jefe de la armada griega, lucha durante diez años para conquistar Troya, Electra, hija de los reyes griegos de Argos, Agamenón y su esposa Clitemestra, sufre, no solo por la ausencia de su padre, sino también porque su madre Clitemestra, en compañía de su amante Egisto, reina y gobierna. Al regresar Agamenón triunfante de la guerra de Troya, es asesinado por su esposa Clitemestra y por Egisto. Electra que ha tenido a su hermano Orestes alejado de Argos se reúne con él y ambos proyec-

militar muy valiente, desgraciadísimo en su vida conyugal, le pusieron Agamenón.

DON URBANO.—No sabía… Yo jamás me traté con esa gente. Eleuteria, por la fama de sus desórdenes, se me representaba como un ser repugnante…

MARQUÉS.—Por Dios, mi querido Urbano, no extreme usted su severidad. Recuerde que Eleuteria, a quien llamaremos Electra Primera, cambió de vida… Ello debió de ser hacia el ochenta y ocho…

DON URBANO.—Por ahí… Su arrepentimiento dio mucho que hablar. En San José de la Penitencia murió el noventa y cinco regenerada, abominando de su libertinaje horrible, monstruoso…

MARQUÉS *(Como reprendiéndole por su severidad)*.—Dios la perdonó…

DON URBANO.—Sí, sí…, perdón, olvido…

MARQUÉS.—Y ustedes, ahora, tantean a Electra Segunda para saber si sale derecha o torcida. Y ¿qué resultado van dando las pruebas?

DON URBANO.—Resultados oscuros, contradictorios, variables cada día, cada hora. Momentos hay en que la chiquilla nos revela excelsas cualidades, mal escondidas en su inocencia; momentos en que nos parece la criatura más loca que Dios ha echado al mundo. Tan pronto le encanta a usted por su candor angelical como le asusta por las agudezas diabólicas que saca de su propia ignorancia.

MARQUÉS.—Exceso de imaginación quizá, desequilibrio. ¿Es viva?

DON URBANO.—Tan viva como la misma electricidad, misteriosa, repentina, de mucho cuidado. Destruye, trastorna, ilumina.

---

tan la muerte de los adúlteros asesinos de su padre, Agamenón. Será Orestes quien mate a los dos culpables. Las historias mitológicas griegas, y no es una excepción la de Electra, están llenas de múltiples variantes. Aquí hemos ofrecido los datos más repetidos.

MARQUÉS *(Levantándose)*.—La curiosidad me abrasa ya. Vamos a verla.

### ESCENA III
*(El marqués y don Urbano; Cuesta, por el fondo.)*

CUESTA *(Entra con muestras de cansancio, saca su cartera de negocios y se dirige a la mesa)*.—Marqués…, ¿tanto bueno por aquí?

MARQUÉS.—Hola, gran Cuesta. ¿Qué nos dice nuestro incansable agente?…

CUESTA *(Sentándose. Revela padecimiento del corazón)*.—El incansable…, ¡ay!, se cansa ya.

DON URBANO.—Hombre, ¿qué me dices del alza de ayer en el Amortizable?[5]

CUESTA.—Vino de París con dos enteros.

DON URBANO.—¿Has hecho nuestra liquidación?

MARQUÉS.—¿Y la mía?

CUESTA.—En ellas estoy… *(Saca papeles de su cartera y escribe con lápiz.)* Luego sabrán ustedes las cifras exactas. He sacado todo el partido posible de la conversión.

---

[5] *Amortizable*: Cuesta es agente de Bolsa de los García Yuste; las amistades de tan rico matrimonio se aprovechan de Cuesta pidiéndole consejos e informaciones económicas. Galdós se interesó mucho por aquella burguesía rica que había descubierto el placer de ganar dinero. Recomiendo la lectura de *Lo prohibido* (1885): es una novela preciosa en donde abunda el dinero con sus pérdidas y sus ganancias, e historias de amor, de engaños, de lealtades y desengaños. Hizo de esta novela una edición preciosa uno de nuestros grandes galdosianos: don José F. Montesinos. Amortizable, en este caso, se refiere a la ventaja que tenía el papel llamado «deuda del Estado». Quienes compraban ese papel, además de considerarlo como una especie de ayuda patriótica, según pasaba el tiempo estipulado (meses, uno o dos años) se recibían unos intereses y finalmente el capital era reembolsado. Hoy aquella denominada «deuda amortizable del Estado» ha tomado una mayor amplitud en diferentes denominaciones: letras del Tesoro, obligaciones, bonos, etc.

MARQUÉS.—Naturalmente..., siendo el tipo de emisión de los nuevos valores setenta y nueve cincuenta..., habiendo adquirido nosotros a precio muy bajo el papel recogido...

DON URBANO.—Naturalmente...

CUESTA.—Naturalmente el resultado ha sido espléndido.

MARQUÉS.—La facilidad con que nos enriquecemos, querido Urbano, enciende en nosotros el amor de la vida y el entusiasmo por la belleza humana. Vámonos al jardín.

DON URBANO *(A Cuesta).*—¿Vienes?

CUESTA.—Necesito diez minutos de silencio para ordenar mis apuntes.

DON URBANO.—Pues te dejamos solo. ¿Quieres algo?

CUESTA *(Abstraído en sus apuntes).*—No... Sí; un vaso de agua. Estoy abrasado.

DON URBANO.—Al momento. *(Sale con el marqués hacia el jardín.)*

ESCENA IV
*(Cuesta y Patros.)*

CUESTA *(Corrigiendo los apuntes).*—¡Ah!, sí, había un error. A los de Yuste corresponden... un millón seiscientas mil pesetas. Al marqués de Ronda, doscientas veintidós mil. Hay que descontar las doce mil y pico, equivalentes a los nueve mil francos... *(Entra Patros con vasos de agua, azucarillos, coñac. Aguarda un momento a que Cuesta termine sus cálculos.)*

PATROS.—¿Lo dejo aquí, don Leonardo?

CUESTA.—Déjalo y aguarda un instante... Un millón ochocientos..., con los seiscientos diez..., hacen... Ya está claro. Bueno, bueno. Conque, Patros... *(Echa mano al bolsillo, saca dinero y se lo da.)*

PATROS.—Señor, muchas gracias.

CUESTA.—Con esto te digo que espero de ti un favor.

PATROS.—Usted dirá, don Leonardo.

CUESTA.—Pues... *(Revolviendo el azucarillo.)* Verás...

PATROS.—¿No pone coñac? Si viene sofocado, el agua sola puede hacerle daño.

CUESTA.—Sí; pon un poquito… Pues quisiera yo…, no vayas a tomarlo a mala parte…, quisiera yo hablar un ratito a solas con la señorita Electra. Conociéndome como me conoces, comprenderás que mi objeto es de los más puros, de los más honrados. Digo esto para quitarte todo escrúpulo… *(Recoge sus papeles.)* Antes que alguien venga, ¿puedes decirme qué ocasión, qué sitios son los más apropiados?…

PATROS.—¿Para decir cuatro palabritas a la señorita Electra? *(Meditando.)* Ello ha de ser cuando los señores despachan con el apoderado… Yo estaré a la mira…

CUESTA.—Si pudiera ser hoy, mejor.

PATROS.—¿El señor vuelve luego?

CUESTA.—Volveré, y con disimulo me adviertes…

PATROS.—Sí, sí… Pierda cuidado. *(Recoge el servicio y se retira.)*

ESCENA V

*(Cuesta y Pantoja, enteramente vestido de negro. Entra en escena meditabundo, abstraído.)*

CUESTA.—Amigo Pantoja, Dios le guarde. ¿Vamos bien?

PANTOJA *(Suspira)*.—Viviendo, amigo, que es como decir: esperando.

CUESTA.—Esperando mejor vida.

PANTOJA.—Padeciendo en esta todo lo que el Señor disponga para hacernos dignos de la otra.

CUESTA.—¿Y de salud?

PANTOJA.—Mal y bien. Mal, porque me afligen desazones y achaques; bien, porque me agrada el dolor, y el sufrimiento me regocija. *(Inquieto y como dominado de una idea fija, mira hacia el jardín.)*

CUESTA.—Ascético estáis.

PANTOJA.—¡Pero esa loquilla!… Véala usted correteando con los chicos del portero, con los niños de Máximo y con otros de la vecindad. Cuando la dejan explayarse en las travesuras infantiles, está Electra en sus glorias.

CUESTA.—¡Adorable muñeca! Quiera Dios hacer de ella una mujer de mérito.

PANTOJA.—De la muñeca graciosa, de la niña voluble, podrá salir un ángel más fácilmente que saldría de la mujer.

CUESTA.—No le entiendo a usted, amigo Pantoja.

PANTOJA.—Me entiendo yo... Mire, mire cómo juegan. *(Alarmado.)* ¡Jesús me valga! ¿A quién veo allí? ¿Es el marqués de Ronda?

CUESTA.—El mismo.

PANTOJA.—Ese corrompido corruptor, Tenorio de la generación pasada, no se decide a jubilarse por no dar un disgusto a Satanás...

CUESTA.—Para que pueda decirse una vez más que no hay paraíso sin serpiente.

PANTOJA.—¡Oh, no! ¡Serpiente ya teníamos! *(Nervioso y displicente, se pasea por la escena.)*

CUESTA.—Otra cosa: ¿no se ha enterado usted de la millonada que les traigo?

PANTOJA *(Sin prestar gran atención al asunto, fijándose en otra idea que no manifiesta).*—Sí, ya sé..., ya... Hemos ganado una enormidad.

CUESTA.—Evarista completará su magna obra de piedad.

PANTOJA *(Maquinalmente).*—Sí.

CUESTA.—Y usted dedicará mayores recursos a San José de la Penitencia.

PANTOJA.—Sí... *(Repitiendo una idea fija.)* Serpiente ya teníamos. *(Alto.)* ¿Qué me decía usted, amigo Cuesta?

CUESTA.—Que...

PANTOJA.—Perdone usted... ¿Es cierto que el vecino de enfrente, nuestro maravilloso sabio, inventor y casi taumaturgo, piensa mudar de residencia?

CUESTA.—¿Quién? ¿Máximo? Creo que sí. Parece que en Bilbao y en Barcelona acogen con entusiasmo sus admirables estudios para nuevas aplicaciones de la electricidad; y le ofrecen cuantos capitales necesite para plantear estas novedades.

PANTOJA *(Meditabundo).*—¡Oh!… Capital, dentro de mis medios, yo se lo daría, con tal que…

ESCENA VI

*(Pantoja, Cuesta; Evarista, don Urbano y el marqués, que viene del jardín.)*

EVARISTA *(Soltando el brazo del marqués).*—Felices, Cuesta, Pantoja, ¡cuánto me alegro de verle hoy!… *(Cuesta y Pantoja se inclinan y le besan la mano respetuosamente. Siéntase la señora a la derecha; el marqués, en pie, a su lado. Los otros tres forman grupo a la izquierda hablando de negocios.)*

MARQUÉS *(Reanudando con Evarista una conversación interrumpida).*—Por ese camino no solo pasará usted a la Historia, sino al Año Cristiano.

EVARISTA.—No alabe usted, marqués, lo que en absoluto carece de mérito… No tenemos hijos; Dios arroja sobre nosotros caudales y más caudales. Cada año nos cae una herencia. Sin molestarnos en lo más leve ni discurrir cosa alguna, el exceso de nuestras rentas, manejado en operaciones muy hábiles por el amigo Cuesta, nos crea sin sentirlo nuevos capitales. Compramos una finca, y al año la subida de los productos triplica su valor: adquirimos un erial, y resulta que el subsuelo es un inmenso almacén de carbón, de hierro, de plomo… ¿Qué quiere decir esto, marqués?

MARQUÉS.—Quiere decir, mi venerable amiga, que cuando Dios acumula tantas riquezas sobre quien no las desea ni las estima, indica muy claramente que las concede para que sean destinadas a su servicio.

EVARISTA.—Exactamente. Interpretándolo yo del mismo modo, me apresuro a cumplir la divina voluntad. Lo que hoy me trae Cuesta no hará más que pasar por mis manos, y con esto habré consagrado al Patrocinio siete millones

48

largos, y aún haré más, para que la casa y colegio de Madrid tengan todo el decoro y la magnificencia que corresponden a tan grande instituto… Impulsaremos las obras de los colegios de Valencia y Cádiz…

PANTOJA *(Pasando al grupo de la derecha)*.—Sin olvidar, amiga mía, la casa de enseñanzas superiores que ha de ser santuario de la verdadera ciencia…

EVARISTA.—Bien sabe el amigo Pantoja que no ceso de pensar en ello.

DON URBANO *(Pasando también a la derecha)*.—En ello pensamos noche y día.

MARQUÉS.—Admirable, admirable. *(Se levanta.)*

EVARISTA *(A Cuesta, que también pasa a la derecha)*.—Y ahora, Leonardo, ¿qué hacemos?

CUESTA *(Sentándose al lado de Evarista, propone a la señora nuevas operaciones)*.—Nos limitaremos por hoy a emplear alguna cantidad en dobles…

PANTOJA *(En pie, a la izquierda de Evarista)*.—O a prima…

MARQUÉS *(Paseando por la escena con don Urbano)*.—Me permitirá usted, querido Urbano, que proclamando a gritos los méritos de su esposa, no eche en saco roto los míos, los nuestros: hablo por mi mujer y por mí. Virginia ya lleva dado a las esclavas un tercio de nuestra fortuna.

DON URBANO.—De las más saneadas de Andalucía.

MARQUÉS.—Y en nuestro testamento se lo dejamos todo, menos la parte que destinamos a ciertas obligaciones y a la parentela pobre…

DON URBANO.—Muy bien… Pero, según mis noticias, no estuvo usted muy conforme, años ha, con que Virginia tuviera piedad tan dispendiosa.

MARQUÉS.—Es cierto. Pero al fin me catequizó. Suyo soy en cuerpo y alma. Me ha convertido, me ha regenerado.

DON URBANO.—Como a mí mi Evarista.

MARQUÉS.—Por conservar la paz del matrimonio, empecé a contemporizar, a ceder, y cediendo y contemporizando

49

he llegado a esta situación. No me pesa, no. Hoy vivo en una placidez beatífica, curado de mis antiguas mañas. He llegado a convencerme de que Virginia no solo salvará su alma, sino también la mía.

DON URBANO.—Como yo… Que me salve.

MARQUÉS.—Cierto que no tenemos iniciativa para nada.

DON URBANO.—Para nada, querido marqués.

MARQUÉS.—Que a las veces, hasta el respirar nos está vedado.

DON URBANO.—Vedada la respiración…

MARQUÉS.—Pero vivimos tranquilamente.

DON URBANO.—Servimos a Dios sin ningún esfuerzo…

MARQUÉS.—Nuestras benditas esposas van delante de nosotros por el camino de la gloriosa eternidad, y… Descuide usted, que no nos dejarán atrás.

DON URBANO.—Cierto.

EVARISTA.—¿Urbano?

DON URBANO *(Acudiendo presuroso)*.—¿Qué?

EVARISTA.—Ponte a las órdenes de Cuesta para la liquidación y para la entrega a los padres…

DON URBANO.—Hoy mismo. *(Se levanta Cuesta.)*

EVARISTA.—Otra cosa: bajas un momento y le dices a Electra que ya van tres horas de juego…

PANTOJA *(Imperioso)*.—Que suba. Ya es demasiado retozar.

DON URBANO.—Voy. *(Viendo venir a Electra.)* Ya está aquí.


### ESCENA VII
*(Los mismos y Electra; tras ella, Máximo.)*


ELECTRA *(Entra corriendo y riendo, perseguida por Máximo, a quien lleva ventaja en la carrera. Su risa es de miedo infantil)*.—Que no me coges… Bruto, fastídiate.

MÁXIMO *(Trae en una mano varios objetos, que indicará, y en la otra, una ramita larga de chopo, que esgrime como un azote)*.—¡Pícara, si te cojo…!

ELECTRA *(Sin hacer caso de los que están en escena, recorre esta con infantil ligereza, y va a refugiarse en las faldas de Doña Evarista, arrodillándose a sus pies y echándole los brazos a la cintura).*—Estoy en salvo…; tía, mándele usted que se vaya.

MÁXIMO.—¿Dónde está esa loca? *(Con amenaza jocosa.)* ¡Ah! Ya sabe dónde se pone.

EVARISTA.—Pero, hija, ¿cuándo tendrás formalidad? Máximo, eres tú tan chiquillo como ella.

MÁXIMO *(Mostrando lo que trae).*—Miren lo que me ha hecho. Me rompió estos dos tubos de ensayo… Y luego… vean estos papeles en que yo tenía cálculos que representan un trabajo enorme. *(Muestra los papeles suspendiéndolos en alto.)* Este lo convirtió en pajarita; este lo entregó a los chiquillos para que pintaran burros, elefantes… y un acorazado disparando contra un castillo.

PANTOJA.—¿Pero se metió en el laboratorio?

MÁXIMO.—Y me indisciplinó a los niños, y todo me lo han revuelto.

PANTOJA *(Con severidad).*—Pero, señorita…

EVARISTA.—¡Electra!

MARQUÉS.—¡Deliciosa infancia! *(Entusiasmado.)* Electra, niña grande, benditas sean tus travesuras. Conserve usted mientras pueda su preciosa alegría.

ELECTRA.—Yo no rompí los cilindros. Fue Pepito… Los papeles llenos de garabatos sí los cogí yo, creyendo que no servían para nada.

CUESTA.—Vamos, haya paces.

MÁXIMO.—Paces. *(A Electra.)* Vaya, te perdono la vida, te concedo el indulto por esta vez… Toma. *(Le da la vara. Electra la coge, pegándole suavemente.)*

ELECTRA.—Esto por lo que me has dicho. *(Pegándole con fuerza.)* Esto por lo que callas.

MÁXIMO.—¡Si no he callado nada!

PANTOJA.—Formalidad, juicio.

EVARISTA.—¿Qué te ha dicho?

MÁXIMO.—Verdades que han de serle muy útiles… Que aprenda por sí misma lo mucho que aún ignora; que abra bien sus ojitos y los extienda por la vida humana para que vea que no es todo alegrías, que hay también deberes, tristezas, sacrificios…

ELECTRA.—¡Jesús, qué miedo! *(En el centro de la escena la rodean todos, menos Pantoja, que acude al lado de Evarista.)*

CUESTA.—Conviene no estimular con el aplauso sus travesuras.

DON URBANO.—Y mostrarle un poquito de severidad.

MÁXIMO.—A severidad nadie me gana… ¿Verdad, niña, que soy muy severo y que tú me lo agradeces? Di que me lo agradeces.

ELECTRA *(Azotándole ligeramente).*—¡Sabio cargante! Si esto fuera un azote de verdad, con más gana te pegaría.

MARQUÉS *(Risueño y embobado).*—¡Adorable! Pégueme usted a mí, Electra.

ELECTRA *(Pegándole con mucha suavidad).*—A usted no, porque no tengo confianza… Un poquito no más… así… *(Pegando a los demás.)* Y a usted…, a usted…, un poquito.

EVARISTA.—¿Por qué no vas a tocar el piano para que te oigan estos señores?

MÁXIMO.—¡Si no estudia una nota! Su desidia es tan grande como su disposición para todas las artes.

CUESTA.—Que nos enseñe sus acuarelas y dibujos. Verá usted, márqués. *(Se agrupan todos juntos a la mesa, menos Evarista y Pantoja, que hablan aparte.)*

ELECTRA.—¡Ay, sí! *(Buscando su cartera de dibujos entre los libros y revistas que hay en la mesa.)* Verán ustedes, soy una gran artista.

MÁXIMO.—Alábate, pandero.[6]

---

[6] *Alábate pandero:* Existen varios refranes y frases proverbiales con la palabra pandero. En este caso la significación parece muy clara: Máximo advierte a Electra que no debe alabarse a sí misma.

ELECTRA *(Desatando las cintas de la cartera).*—Tú a deprimirme, yo a darme bombo, veremos quién puede más… ¡Ea! *(Mostrando dibujos.)* Quédense pasmados. ¿Qué tienen que decir de estos magníficos apuntes de paisajes, de animales que parecen personas, de personas que parecen animales? *(Todos se embelesan examinando los dibujos, que pasan de mano en mano.)*

EVARISTA *(Que apartando su atención del grupo del centro entabla una conversación íntima con Pantoja).*—Tiene usted razón, Salvador. Siempre la tiene, y ahora, en el caso de Electra, su razón es como un astro de luz tan espléndida, que a todos nos oscurece.

PANTOJA.—Esa luz que usted cree inteligencia, no lo es. Es tan solo el resplandor de un fuego intensísimo que está dentro: la voluntad. Con esta fuerza, que debo a Dios, he sabido enmendar mis errores.

EVARISTA.—Después de la confidencia que me hizo usted anoche, veo muy claro su derecho a intervenir en la educación de esta loquilla…

PANTOJA.—A marcarle sus caminos, a señalarle fines elevados…

EVARISTA.—Derecho que implica deberes inexcusables…

PANTOJA.—¡Oh! ¡Cuánto agradezco a usted que así lo reconozca, amiga del alma! ¡Yo temía que mi confidencia de anoche, historia funesta que ennegrece los mejores años de mi vida, me haría perder su estimación!

EVARISTA.—No, amigo mío. Como hombre ha estado usted sujeto a la debilidades humanas. Pero el pecador se ha regenerado, castigando su vida con las mortificaciones que trae el arrepentimiento y enderezándola con la práctica de la virtud.

PANTOJA.—La tristeza, el amor a la soledad, el desprecio de la vanidad fueron mi salvación. Pues bien: no sería completa mi enmienda si ahora no cuidara yo de dirigir a esta niña para apartarla del peligro. Si nos descuidamos, fácilmente se nos irá por los caminos de su madre.

53

EVARISTA.—Mi parecer es que hable usted con ella.

PANTOJA.—A solas.

EVARISTA.—Eso pensaba yo: a solas. Hágale comprender de una manera delicada la autoridad que tiene usted sobre ella…

PANTOJA.—Sí, sí… No es otro mi deseo. *(Siguen en voz baja.)*

ELECTRA *(En el grupo del centro, disputando con Máximo).*— Quita, quita. ¿Tú qué sabes? *(Mostrando un dibujo.)* Dice este bruto que el pájaro parece un viejo pensativo, y la mujer una langosta desmayada.

MARQUÉS.—¡Oh!, no…, que está muy bien.

MÁXIMO.—A veces, cuando menos cuidado pone, tiene aciertos prodigiosos.

CUESTA.—La verdad es que este paisajito, con el mar lejano y estos troncos…

ELECTRA.—Mi especialidad, ¿no saben ustedes cuál es? Pues los troncos viejos, las paredes en ruinas. Pinto bien lo que desconozco: la tristeza, lo pasado, lo muerto. La alegría presente, la juventud no me salen. *(Con pena y asombro.)* Soy una gran artista para todo lo que no se parece a mí.

DON URBANO.—¡Qué gracia!

CUESTA.—¡Deliciosa!

MARQUÉS.—¡Cómo chispea! Me encanta oírla.

MÁXIMO.—Ya vendrá la reflexión, las responsabilidades.

ELECTRA *(Burlándose de Máximo).*—¡La razón, la seriedad! Miren el sabio… fúnebre. Yo tengo todo eso el día que me dé la gana…, y más que tú.

MÁXIMO.—Ya lo veremos, ya lo veremos.

PANTOJA *(Que ha prestado atención a lo que hablan en el grupo del centro).*—No puedo ocultar a usted que me desagrada la familiaridad de la niña con el sobrino de Urbano.

EVARISTA.—Ya la corregiremos. Pero tenga usted presente que Máximo es un hombre honradísimo, juicioso…

PANTOJA.—Sí, sí; pero…, amiga mía, en los senderos de la confianza tropiezan y resbalan los más fuertes; me lo ha enseñado una triste experiencia.

ELECTRA *(En el grupo del centro).*—Yo sentaré la cabeza cuando me acomode. Nadie se pone serio hasta que Dios lo manda. Nadie dice ¡ay, ay!, hasta que le duele algo.

MARQUÉS.—Justo.

CUESTA.—Y ya, ya aprenderá cosas prácticas.

ELECTRA.—Cierto: cuando venga Dios y me diga: «Niña, ahí tienes el dolor, los deberes, la duda…».

MÁXIMO.—Que lo dirá… y pronto.

EVARISTA.—Electra, hija mía, no tontees…

ELECTRA.—Tía, es Máximo que… *(Pasa al lado de su tía.)*

DON URBANO.—Máximo tiene razón…

CUESTA.—Seguramente. *(Cuesta y don Urbano pasan también al lado de Evarista, quedando solos a la izquierda Máximo y el marqués.)*

MÁXIMO.—¿Puedo saber ya, señor marqués, el resultado de su primera observación?

MARQUÉS.—Me ha encantado la chiquilla. Ya veo que no había exageración en lo que usted me contaba.

MÁXIMO.—¿Y la penetración de usted no descubre bajo esos donaires algo que…?

MARQUÉS.—Ya entiendo… Belleza moral, sentido común… No hay tiempo aún para tales descubrimientos. Seguiré observando.

MÁXIMO.—Porque yo, la verdad, consagrado a la ciencia desde edad muy temprana, conozco poco el mundo, y los caracteres humanos son para mí una escritura que apenas puedo deletrear.

MARQUÉS.—Pues en esa escritura y en otras sé yo leer de corrido.

MÁXIMO.—¿Viene usted a mi casa?

MARQUÉS.—Iremos un rato. Es posible que mi mujer me riña si sabe que visito el taller de electrotecnia y la fábrica de luz. Pero Virginia no ha de ser muy severa. Puedo aventurarme… Después volveré aquí, y con el pretexto de admirar a la niña en el piano hablaré con ella y continuaré mis estudios.

MÁXIMO *(Alto)*.—¿Viene usted, marqués?

DON URBANO.—¿Pero nos dejan?

MARQUÉS.—Me voy un rato con este amigo.

EVARISTA.—Marqués, estoy muy enojada por sus largas ausencias, pero muy enojada. No podrá usted desagraviarme más que almorzando hoy con nosotros. Es castigo, don Juan; es penitencia.

MARQUÉS.—Yo la acepto en descargo de mi culpa, bendiciendo la mano que me castiga.

EVARISTA.—Tú, Máximo, vendrás también.

MÁXIMO.—Si me dejan libre a esa hora, vendré.

ELECTRA.—No vengas, hombre…, por Dios, no vengas. *(Con alegría que no puede disimular.)* ¿Vas a venir? Di que sí. *(Corrigiéndose.)* No, no: di que no.

MÁXIMO.—¡Ah! No te libras de mí. Chiquilla loca, tú tendrás juicio.

ELECTRA.—Y tú lo perderás, sabio tonto, viejo… *(Le sigue con la mirada hasta que sale. Salen Máximo y el marqués por el jardín. José entra por el foro.)*

ESCENA VIII
*(Electra, Evarista, don Urbano, Pantoja, Cuesta y José.)*

JOSÉ *(Anunciando)*.—La señora superiora de San José de la Penitencia.

PANTOJA.—¡Oh, mi buena sor Bárbara de la Cruz!…

EVARISTA.—Que pase aquí. *(Se levanta.)* No; al salón. Vamos.

PANTOJA.—¡Qué feliz oportunidad! Así me evita el ir al convento.

EVARISTA.—Hija, que estudies. *(Señalándole la estancia próxima.)*

CUESTA *(Despidiéndose)*.—Yo me retiro. Volveré luego.

EVARISTA.—Adiós.

CUESTA *(Aparte, por Electra)*.—¿La dejarán sola?

PANTOJA *(Acudiendo a Electra)*.—Cultive usted, Electra, con discernimiento ese arte sublime. Consagre usted todo su

ELECTRA

talento al gran Bach...[7] para que se vaya asimilando el estilo religioso. *(Vanse todos menos Electra.)*

ESCENA IX
*(Electra; al poco rato, Cuesta.)*

ELECTRA *(Entonando una salmodia de Iglesia, recoge los dibujos y los ordena).*—Bach... para que me asimile... ¡qué gracia!, el estilo religioso. *(Canta.)*

CUESTA *(Entra por el foro recatándose).*—¡Sola...!

ELECTRA *(Canta algunas notas litúrgicas. Ve avanzar a Cuesta).*—¿Pero no se había marchado usted, don Leonardo?

CUESTA *(Con timidez).*—Sí; pero he vuelto, hija mía. Tengo que hablar con usted.

ELECTRA *(Un poquito asustada).*—¡Conmigo!

CUESTA.—El asunto es delicado, muy delicado... *(Con fatiga y dificultad de respiración.)* Perdone usted..., padezco del corazón, no puedo estar en pie. *(Electra le aproxima una silla. Se sienta.)* Sí; tan delicado es el asunto, que no sé por dónde empezar.

ELECTRA.—Por Dios, ¿qué es?

CUESTA *(Animándose).*—Electra, yo conocí a su madre de usted.

ELECTRA.—¡Ah! Mi madre fue muy desgraciada.

CUESTA.—¿Qué entiende usted por desgraciada?

ELECTRA.—Pues... que vivió entre personas malas, que no le permitían ser tan buena como ella quería.

---

[7] *Al gran Bach:* los Bach fueron una gran familia de músicos, varios y muy famosos todos. La recomendación de Pantoja se refiere a Johan Sebastian Bach (Eisenach, Turingia, 21 de marzo de 1685-Leipzig, 28 de julio de 1750). Las pequeñas cortes alemanas y algunas de las grandes ciudades se disputaban la presencia y el trabajo de J. S. Bach. Sus últimos veinte años los pasó en Leipzig, como director de música de la ciudad. Allí compuso la *Misa en si menor,* y unas doscientas cantatas de iglesia.

CUESTA.—¡Oh! Sin saberlo ha dicho usted una gran verdad… ¿Recuerda usted a su madre?… ¿Piensa usted en ella?

ELECTRA.—Mi madre es para mí un recuerdo vago, dulcísimo; una imagen que nunca me abandona… Viva la guardo en mi corazón, que no es todavía más que una gran memoria, y en esta gran memoria la están buscando siempre mis ojos ansiosos de verla. ¡Pobre madre mía! *(Se lleva el pañuelo a los ojos. Cuesta suspira.)* Dígame, don Leonardo: cuando trataba usted a mi madre, ¿era yo muy chiquitita?

CUESTA.—Era usted una monada. Le hacíamos a usted cosquillas para verla reír; su risa me parecía el encanto, la alegría de la Naturaleza.

ELECTRA.—Vea usted por qué he salido tan loca, tan traviesa y destornillada… Y alguna vez me cogería usted en brazos.

CUESTA.—Muchísimas.

ELECTRA *(Sonriendo, sin acabar de secar sus lágrimas).*—¿Y no le tiraba yo de los bigotes?

CUESTA.—A veces con tanta fuerza que me hacía usted daño.

ELECTRA.—Me pegaría usted en las manos.

CUESTA.—¡Vaya!

ELECTRA.—¿Pues sabe usted que creo que todavía me duelen?

CUESTA *(Impaciente por entrar en materia).*—Pero vamos al caso. Advierto a usted, Electra, que esto es reservadísimo. Queda entre los dos.

ELECTRA.—¡Oh!, me da usted miedo, don Leonardo.

CUESTA.—No es para asustarse. Vea usted en mí un amigo, el mejor de los amigos; vea en este acto el interés más puro, el sentimiento más elevado…

ELECTRA *(Confusa).*—Sí, sí; no dudo…, pero…

CUESTA.—Vea usted por qué doy este paso… Aunque no soy muy viejo, no me siento con cuerda vital para mucho tiempo. Viudo hace veinte años, no tengo más familia que mi hija Pilar, ya casada, y ausente. Casi estoy solo en el mundo, con el pie en el estribo para marchar a otro… y mi soledad, ¡ay!, parece como que quiere echarme más pronto… *(Con gran dificultad de expresión.)* Pero antes de partir… *(Pausa.)* Electra, he pensado mucho en usted antes que la trajeran a Madrid, y al verla, ¡Dios mío!, he pensado, he sentido…, qué sé yo…, un dulce afecto, el más puro de los afectos, mezclado con alaridos de mi conciencia.

ELECTRA *(Aturdida)*.—¡La conciencia! ¡Qué cosa tan grave debe de ser! La mía es como un niño que está todavía en la cuna.

CUESTA *(Con tristeza)*.—La mía es vieja, memoriosa. Me repite, me señala sin cesar los errores graves de mi vida.

ELECTRA.—¡Usted… errores graves, usted tan bueno!

CUESTA.—Sí, sí; bueno, bueno… y pecador… En fin, dejemos los errores y vamos a sus consecuencias. Yo no quiero, no, que usted viva desamparada. Usted no posee bienes ni fortuna. Es dudoso que la protección de Urbano y Evarista sea constante. ¿Cómo he de consentir yo que se encuentre usted pobre y desvalida el día de mañana?

ELECTRA *(Con penosa lucha entre su conocimiento y su inocencia)*.—No sé si lo entiendo…, no sé si debo entenderlo.

CUESTA.—Lo más delicado será que lo entienda sin decírmelo, y que acepte mi protección sin darme las gracias. Juntos van el deber mío y el derecho de usted. Gracias a mí, Electra, no se verá roto el hilo que une a cada criatura con las criaturas que fueron y con las que aún viven… Y si hoy me determino a plantear esta cuestión, es porque…, porque hace tiempo que me asedia el temor de las muertes repentinas. Mi padre y mi hermano murieron como heridos del rayo. La lesión cardíaca, destructora de la familia, ya la tengo aquí *(Señalando al corazón.)*; es un triste reloj que me cuenta las horas, los días… No puedo aplazar esto. No me sorprenda la muerte dejando a esta preciosa existencia sin amparo. No puedo, no debo esperar… Concluyo, hija mía, manifestando a usted que tenga por asegurado un bienestar modesto…

ELECTRA.—¡Un bienestar modesto…, yo…!

CUESTA.—Lo suficiente para vivir con independencia decorosa…

ELECTRA *(Confusa)*.—¿Y yo…, qué méritos tengo para…? Perdone usted… No acabo de convencerme… de…

CUESTA.—Ya vendrá, ya vendrá el convencimiento…

ELECTRA.—Y ¿por qué no habla usted de ese asunto a mis tíos?…

CUESTA *(Preocupado)*.—Porque… A su tiempo se les dirá. Por de pronto solo usted debe saber mi resolución.

ELECTRA.—Pero…

CUESTA *(Con emoción, levantándose)*.—Y ahora, Electra, ¿querrá usted a este pobre enfermo, que tiene los días contados?

ELECTRA.—Sí… ¡Es tan fácil para mí querer! Pero no hable usted de morirse, don Leonardo.

CUESTA.—Me consuela mucho saber que usted me llorará.

ELECTRA.—No me haga usted llorar desde ahora.

CUESTA *(Apresurando su partida para vencer su emoción)*.—Adiós, hija mía.

ELECTRA.—Adiós. *(Reteniéndole.)* Y ¿qué nombre debo darle?

CUESTA.—El de amigo, no más. Adiós. *(Arrancándose a partir. Sale por el foro. Electra le sigue con la mirada hasta que desaparece.)*

### ESCENA X
*(Electra y el marqués.)*

ELECTRA *(Meditabunda)*.—Dios mío, ¿qué debo pensar? Sus medias palabras dicen más que si fuesen enteras. ¡Madre del alma! *(El marqués que entra por el jardín, avanza despacio.)* ¡Ah!… Señor marqués.

MARQUÉS.—¿Se asusta usted?

ELECTRA.—Nada de eso: me sorprendo no más. Si viene usted a oírme tocar, ha perdido el viaje. Hoy no estudio.

MARQUÉS.—Me alegro. Así podremos hablar…Apenas presentado a usted, entro de lleno en la admiración de sus gracias, y conocida una parte de su carácter, deseo conocer algo más… usted extrañará quizá esta curiosidad mía y la creerá impertinente.

ELECTRA.—¡Oh! No, señor. También yo soy curiosilla, señor marqués, y me permito preguntarle: ¿es usted amigo de Máximo?

MARQUÉS.—Le quiero y admiro grandemente… Cosa rara, ¿verdad?

ELECTRA.—A mí me parece muy natural.

MARQUÉS.—Es usted muy niña, y quizá no pueda hacerse cargo de las causas de mi amistad con «el mágico prodigioso»… A ver si me entiende.

ELECTRA.—Explíquemelo bien.

MARQUÉS.—La sociedad que frecuento, el círculo de mi propia familia y los hábitos de mi casa producen en mí un efecto asfixiante. Casi sin darme cuenta de ello, por puro instinto de conservación me lanzo a veces en busca del aire respirable. Mis ojos se van tras de la ciencia, tras de la Naturaleza…, y Máximo es eso.

ELECTRA.—El aire respirable, la vida, la… ¿Pues sabe usted, marqués, que me parece que le voy entendiendo?

MARQUÉS.—No es tonta la niña, no. También ha de saber usted que siento por ese hombre un interés inmenso.

ELECTRA.—Le quiere usted, le admira por sus grandes cualidades…

MARQUÉS.—Y le compadezco por su desgracia.

ELECTRA (Sorprendida).—¡Desgraciado Máximo!

MARQUÉS.—¿Qué mayor desgracia que la soledad en que vive? Su viudez prematura le ha sumergido en los estudios más hondos, y temo por su salud.

ELECTRA.—Sus hijos le consuelan, le acompañan. Hoy les ha visto usted. ¡Qué lindas criaturas! El mayor, que ahora cumple cinco años es un prodigio de inteligencia. En el pequeñito, de dos años, veo yo toda la gracia del mundo. Yo los adoro: sueño con ellos, y me gustaría mucho ser su niñera.

MARQUÉS.—El pobre Máximo, aferrado a sus estudios, no puede atenderles como debiera.

ELECTRA.—Claro; eso digo yo.

MARQUÉS.—Es de toda evidencia: Máximo necesita una mujer. Pero… aquí entran mis dificultades y mis dudas. Por más que miro y busco, no encuentro, no encuentro la mujer digna de compartir su vida con la del grande hombre.

ELECTRA.—No la encuentra usted. Es que no la hay, no la hay. Como que para Máximo debe buscarse una mujer de mucho juicio.

MARQUÉS.—Eso es: de mucho juicio.

ELECTRA.—Todo lo contrario de mí, que no tengo ninguno, ninguno, ninguno.

MARQUÉS.—No diría yo tanto.

ELECTRA.—Otra cosa: cuando usted me oye decirle tonterías y llamarle bruto, viejo, sabio tonto, no vaya a creer que lo digo en serio. Todo eso es broma, señor marqués.

MARQUÉS.—Sí, sí; ya lo he comprendido.

ELECTRA.—Bromas impertinentes, quizá, porque Máximo es muy serio… ¿Cree usted, señor mío, que debo yo volverme muy grave?

MARQUÉS.—¡Oh!, no. Cada criatura es como Dios ha querido formarla. No hay que violentarse, señorita. No necesitamos ser graves para ser buenos.

ELECTRA.—Pues mire usted, marqués, yo, que no sé nada, había pensado eso mismo. (*Aparece Pantoja por el foro.*)

PANTOJA (*Aparte, en la puerta*).—Este libertino incorregible…, este veterano del vicio se atreve a poner su mirada venenosa en esta flor. (*Avanza lentamente.*)

MARQUÉS (*Aparte*).—¡Vaya! Se nos ha interpuesto la pantalla oscura, y ya no podemos seguir hablando.

ELECTRA.—El señor marqués ha venido a oírme tocar; pero estoy muy torpe. Lo dejamos para otro día.

MARQUÉS.—Ya sabe usted que el gran Beethoven[8] es mi pasión. Me habían dicho que Electra lo interpreta bien, y esperaba oírle la «Sonata patética», la «Clair de Lune»... pero nos hemos entretenido charlando, y pues ya no es ocasión...

PANTOJA *(Con desabrimiento).*—Sí; ha pasado la hora de estudio.

MARQUÉS *(Recobrando su papel social).*—Otro día será. Amigo mío, Virginia y yo tendremos mucho gusto en que usted nos honre con sus consejos para cuanto se refiere al Beaterio de las Esclavas.

PANTOJA.—Sí, sí; esta tarde iré a ver a Virginia y hablaremos.

MARQUÉS.—En el Beaterio la tiene usted toda la tarde. Y pues estoy de más aquí... *(En ademán de retirarse.)*

ELECTRA.—No. Usted no estorba, señor marqués.

MARQUÉS.—Me voy con la música... al taller de Máximo.

PANTOJA.—Sí, sí; allí se distraerá usted mucho.

MARQUÉS.—Hasta luego, mi reverendo amigo.

PANTOJA.—Dios le guarde. *(Vase el marqués hacia el jardín.)*

---

[8] *El gran Beethoven:* si Pantoja ha recomendado a Electra «al gran Bach», el marqués de Ronda confiesa que Beethoven «es mi gran pasión». Ludwig van Beethoven (Bonn, 15 de diciembre de 1770-Viena, 26 de marzo de 1827) fue un niño prodigio, como Mozart, y como este y Bach, de una familia de músicos y cantantes. Amigos aristócratas le animaron a vivir en Viena, que fue su ciudad bienamada, donde falleció a los cincuenta y siete años. Dos constantes, más bien obsesiones (aparte, naturalmente de la música), se manifiestan en él a lo largo de su vida: su capacidad para enamorarse y para ser desdichado en ese aspecto, y su preocupación por el dinero. Fue empresario de sí mismo y se liberó del mecenazgo de reyes y príncipes. Vivió como un triunfador: casa suntuosa, servidumbre, carruajes y «lujosa compañía femenina», como advierten discretamente sus amigos. La sordera destruyó parte de todo esto, pero no murió en la miseria. Como músico, como artista, como intelectual fue un hombre moderno, un precursor, en estética y en sensibilidad.

ESCENA XI
*(Electra y Pantoja.)*

PANTOJA *(Vivamente).*—¿Qué decía? ¿Qué contaba ese corruptor de la inocencia?

ELECTRA.—Nada: historias, anécdotas para reír…

PANTOJA.—¡Ay, historias! Desconfíe usted de las anécdotas jocosas y de los narradores amenos, que esconden entre jazmines el aguijón ponzoñoso… La noto a usted suspensa, turbada, como cuando se ha sentido el roce de un reptil entre los arbustos.

ELECTRA.—¡Oh, no!

PANTOJA.—La inquietud que producen las conversaciones inconvenientes se calmará con los conceptos míos, bienhechores, saludables.

ELECTRA.—Es usted poeta, señor de Pantoja, y me gusta oírle.

PANTOJA *(Le señala una silla; se sientan los dos).*—Hija mía, voy a dar a usted la explicación del cariño intenso que habrá notado en mí. ¿Lo ha notado?

ELECTRA.—Sí, señor.

PANTOJA.—Explicación que equivale a revelar un secreto.

ELECTRA *(Muy asustada).*—¡Ay, Dios mío, ya estoy temblando!…

PANTOJA.—Calma, hija mía. Oiga usted primero lo que es para mí más doloroso, Electra: yo he sido muy malo.

ELECTRA.—¡Pero si tiene usted opinión de santo!

PANTOJA.—Fui malo, digo, en una ocasión de mi vida. *(Suspirando fuerte.)* Han pasado algunos años.

ELECTRA *(Vivamente).*—¿Cuántos? ¿Puedo yo acordarme de cuando usted fue malo, don Salvador?

PANTOJA.—No. Cuando yo me envilecí, cuando me encenagué en el pecado, no había usted nacido.

ELECTRA.—Pero nací…

PANTOJA *(Después de una pausa).*—Cierto…

ELECTRA.—Nací… Por Dios, señor de Pantoja, acabe usted pronto…

PANTOJA.—Su turbación me indica que debemos apartar los ojos de lo pasado. El presente es para usted muy satisfactorio.

ELECTRA.—¿Por qué?

PANTOJA.—Porque en mí tendrá usted un amparo, un sostén para toda la vida. Inefable dicha es para mí cuidar de un ser tan noble y hermoso, defender a usted de todo daño, guardarla, custodiarla, dirigirla, para que se conserve siempre incólume y pura: para que jamás la toque ni la sombra ni el aliento del mal. Es usted una niña que parece un ángel. No me conformo con que usted lo parezca: quiero que lo sea.

ELECTRA *(Fríamente).*—Un ángel que pertenece a usted… ¿Y en esto debo ver un acto de caridad extraordinaria sublime?

PANTOJA.—No es caridad, es obligación. A mi deber de ampararte,[9] corresponde en ti el derecho a ser amparada.

ELECTRA.—Esa confianza, esa autoridad…

PANTOJA.—Nace de mi cariño intensísimo, como la fuerza nace del calor. Y mi protección obra es de mi conciencia.

ELECTRA *(Se levanta con grande agitación. Alejándose de Pantoja, exclama aparte).*—¡Dos, Señor, dos protecciones! Y esta quiere oprimirme. ¡Horrible confusión! *(Alto.)* Señor de Pantoja, yo le respeto a usted, admiro sus virtudes. Pero su autoridad sobre mí no la veo clara, y perdone mi atrevimiento. Obediencia, sumisión, no debo más que a mi tía.

PANTOJA.—Es lo mismo. Evarista me hace el honor de consultarme todos sus asuntos. Obedeciéndola me obedeces a mí.

ELECTRA.—¿Y mi tía quiere también que yo sea un ángel de ella, de usted…?

---

9 Por primera vez, Pantoja tutea a Electra. Ella percibe muy bien el cambio e inquiere el porqué.

PANTOJA.—Ángel de todos, de Dios principalmente. Convéncete de que has caído en buenas manos, y déjate, hija de mi alma, déjate criar en la virtud, en la pureza.

ELECTRA *(Con displicencia).*—Bueno, señor: purifíquenme. Pero ¿soy yo mala?

PANTOJA.—Podrías llegar a serlo. Prevenirse contra la enfermedad es más cuerdo y más fácil que curarla después que invade el organismo.

ELECTRA.—¡Ay de mí! *(Elevando los ojos y quedando como en éxtasis, da un gran suspiro. Pausa.)*

PANTOJA.—¿Por qué suspiras así?

ELECTRA.—Deje usted que aligere mi corazón. Pesan horriblemente sobre él las conciencias ajenas.

ESCENA XII

*(Electra, Pantoja y Evarista, por el foro.)*

EVARISTA.—Amigo Pantoja, la madre Bárbara de la Cruz espera a usted para despedirse y recibir las últimas órdenes.

PANTOJA.—¡Ah!, no me acordaba… voy al momento. *(Aparte, a Evarista.)* Hemos hablado. Vigile usted. Temamos las malas influencias. *(Antes de salir Pantoja por el foro entran el marqués y Máximo por la derecha.)*

ESCENA XIII

*(Electra, Evarista, el marqués y Máximo.)*

MARQUÉS.—He tardado un poquitín.

EVARISTA.—No, por cierto, ¿estuvo usted en el estudio de Máximo? *(Se forman dos grupos: Electra y Máximo, a la izquierda; Evarista y el marqués, a la derecha.)*

MARQUÉS.—Sí, señora. Es un prodigio este hombre. *(Sigue ponderando lo que ha visto en el laboratorio.)*

ELECTRA *(Suspirando).*—Sí, Máximo: tengo que consultar contigo un caso grave.

MÁXIMO *(Con vivo interés).*—Dímelo pronto.

ELECTRA *(Recelosa, mirando al otro grupo).*—Ahora no puede ser.

MÁXIMO.—¿Cuándo?

ELECTRA.—No sé…, no sé cuándo podré decírtelo… No es cosa que se dice en dos palabras.

MÁXIMO.—¡Ah, pobre chiquilla! Lo que te anuncié… ¿Apuntan ya las seriedades de la vida, las amarguras, los deberes?

ELECTRA.—Quizá.

MÁXIMO *(Mirándola fijamente, con vivo interés).*—Noto en tu rostro una nube de tristeza, de miedo…, gran novedad en ti.

ELECTRA.—Quieren anularme, esclavizarme, reducirme a una cosa… angelical… No lo entiendo.

MÁXIMO *(Con mucha viveza).*—No consientas eso, por Dios… Electra, defiéndete.

ELECTRA.—¿Qué me recomiendas para evitarlo?

MÁXIMO *(Sin vacilar).*—La independencia.

ELECTRA.—¡La independencia!

MÁXIMO.—La emancipación…, más claro, la insubordinación.

ELECTRA.—Quieres decir que podré hacer cuanto me dé la gana, jugar todo lo que se me antoje, entrar en tu casa como en país conquistado, enredar con tus hijos y llevármelos al jardín o a donde quiera.

MÁXIMO.—Todo eso, y más.

ELECTRA.—¡Mira lo que dices!…

MÁXIMO.—Sé lo que digo.

ELECTRA.—Pero ¡si me has recomendado todo lo contrario!

MÁXIMO *(Mirándola fijamente).*—En tu rostro, en tus ojos, veo cambiadas radicalmente las condiciones de tu vida. Tú temes, Electra.

ELECTRA.—Sí. *(Medrosa.)*

MÁXIMO.—Tú… *(Dudando qué verbo emplear. Va a decir «amar» y no se atreve.)* Deseas algo con vehemencia.

ELECTRA *(Con efusión)*.—Sí. *(Pausa.)* Y tú me dices que, contra temores y anhelos…, insubordinación.

MÁXIMO.—Sí; corran libres tus impulsos, para que cuanto hay en ti se manifieste, y sepamos lo que eres.

ELECTRA.—¡Lo que soy! ¿Quieres conocer…?

MÁXIMO.—Tu alma…

ELECTRA.—Mis secretos…

MÁXIMO.—Tu alma… En ella está todo.

ELECTRA *(Advirtiendo que Evarista la vigila)*.—¡Chitón! Nos miran.


ESCENA XIV

*(Los mismos; don Urbano y Pantoja, por el fondo.)*


DON URBANO.—¿Almorzamos?

PANTOJA *(A Evarista, sofocado, viendo a Electra con Máximo)*.—Pero, hija, ¿la deja usted sola con Mefistófeles?

EVARISTA.—No hay motivo para alarmarse, amigo Pantoja.

MARQUÉS *(Riendo)*.—¡Claro! Si este Mefistófeles es un santo. *(Da el brazo a Evarista.)*

PANTOJA *(Imperiosamente, cogiendo de la mano a Electra para llevársela)*.—¡Conmigo! *(Electra, andando con Pantoja, vuelve la cabeza para mirar a Máximo.)*

MÁXIMO *(Mirando a Electra y a Pantoja)*.—¿Contigo?… Ya se verá con quién. *(Máximo y don Urbano salen los últimos.)*

# ACTO SEGUNDO

*La misma decoración*

*(Evarista y don Urbano, sentados junto a la mesa,*
*despachando asuntos, Balbina, que sirve a la señora una taza de caldo.)*

DON URBANO *(Preparándose a escribir).*—¿Qué se le dice al señor rector del Patrocinio?

EVARISTA *(Con la taza en la mano).*—Ya lo sabes: que nos parece bien el plano y presupuesto, y que ya nos entenderemos con el contratista.

DON URBANO.—No olvides que la proposición de este asciende a... *(Leyendo un papel.)* trescientas veintidós mil pesetas...

EVARISTA.—No importa. Aún nos sobra dinero para la continuación del Socorro. *(A Balbina, que recoge la taza.)* No olvides lo que te encargué.

BALBINA.—Ya vigilo, señora. Este juego de la señorita Electra creo yo que no trae malicia. Si recibe cartas y billetes de tanto pretendiente es por pasar el rato y tener un motivo más de risa y fiesta.

EVARISTA.—Pero ¿cómo llegan a casa?...

BALBINA.—¿Las cartas de esos barbilindos? Aún no lo sé. Pero yo vigilo a Patros, que me parece...

EVARISTA.—Mucho cuidado y entérame de lo que descubras...

BALBINA.—Descuide la señora. *(Vase Balbina.)*

ESCENA II
*(Los mismos y Máximo, por el foro,
presuroso, con planos y papeles.)*

MÁXIMO.—¿Estorbo?

EVARISTA.—No, hijo. Pasa.

MÁXIMO.—Dos minutos, tía.

DON URBANO.—¿Vienes de Fomento?[10]

MÁXIMO.—Vengo de conferenciar con los bilbaínos. Hoy es
para mí un día de prueba. Trabajo excesivo, diligencias mil,
y, por añadidura, la casa revuelta.

EVARISTA.—Pero ¿qué te pasa? Me ha dicho Balbina que
ayer despediste a tus criadas.

MÁXIMO.—Me servían detestablemente, me robaban... Estoy solo con el ordenanza y la niñera.

EVARISTA.—Vente a comer aquí.

MÁXIMO.—¿Y dejo a los chicos allá? Si los traigo, molestan a
usted y le trastornan toda la casa.

EVARISTA.—No me los traigas, no. Adoro a las criaturas;
pero a mi lado no las quiero. Todo me lo revuelven, todo
me lo ensucian. El alboroto de sus paraditas, de sus riso-
tadas, de sus berrinches me enloquece. Luego, el temor de
que se caigan, de que les arañen los gatos, de que se mojen,
de que se descalabren.

MÁXIMO.—Yo prefiero que me mande usted una cocinera...

EVARISTA.—Irá la Enriquetilla. Encárgate, Urbano; no se
nos olvide.

MÁXIMO.—Bueno. *(Disponiéndose a partir.)*

EVARISTA.—Aguarda. Según parece, tus asuntos marchan.
Ya sabes lo que te he dicho: si «el mágico prodigioso» necesita más capital para la implantación de sus inventos, no
tiene más que decírnoslo...

---

[10] *Fomento:* el Ministerio de Fomento, actualmente Ministerio de Trans-
portes, Movilidad y Agenda Urbana.

MÁXIMO.—Gracias, tía. Tengo a mi disposición cuanto dinero pueda necesitar…

DON URBANO.—Dentro de pocos años, «el mágico» será más rico que nosotros.

MÁXIMO.—Bien podría suceder.

DON URBANO.—Fruto de su inteligencia privilegiada…

MÁXIMO *(Con modestia)*.—No; de la perseverancia, de la paciencia laboriosa…

EVARISTA.—¡Ay, no me digas! Trabajas brutalmente.

MÁXIMO.—Lo necesario, tía, por obligación y un poco más por goce, por recreo, por entusiasmo científico.

DON URBANO.—Es ya una monomanía, una borrachera.

EVARISTA *(Con tonillo sermonario)*.—¡Ah, no! Es la ambición, la maldita ambición, que a tantos trastorna y acaba por perderlos.

MÁXIMO.—Ambición muy legítima, tía. Fíjese usted en que…

EVARISTA *(Quitándole la palabra de la boca)*.—El afán, la sed de riquezas para saciar con ellas el apetito de goces. Gozar, gozar, gozar; esto queréis y por esto vivís en continuo ajetreo, comprometiendo en la lucha vuestra naturaleza: estómago, cerebro, corazón. No pensáis en la brevedad de la vida ni en la vanidad de los afanes por la cosa temporal; no acabáis de convenceros de que todo se queda aquí.

MÁXIMO *(Con gracia, impaciente por retirarse)*.—Todo se queda aquí, menos yo, que me voy ahora mismo.

JOSÉ *(Anunciando)*.—El señor marqués de Ronda.

MÁXIMO *(Deteniéndose)*.—¡Ah! Pues no me voy sin saludarlo.

EVARISTA *(Recogiendo papeles)*.—No quiere Dios que trabajemos hoy.

DON URBANO.—Me figuro a qué viene.

EVARISTA.—Que pase, José; que pase. *(Vase José.)*

MÁXIMO.—Viene a invitar a ustedes para la inauguración del nuevo Beaterio de La Esclavitud, fundado por Virginia. Anoche me lo dijo.

EVARISTA.—¡Ah, sí! Pero ¿es hoy?…

## ESCENA III

*(Evarista, don Urbano,*
*Máximo y el marqués.)*

MARQUÉS *(Saludando con rendimiento).*—Ilustre amiga…
Urbano. *(A Máximo.)* ¿Qué tal? No creía yo encontrar
aquí al «mágico»…

MÁXIMO.—«El mágico» saluda a usted y desaparece.

MARQUÉS.—Un momento, amigo. *(Reteniéndolo.)*

EVARISTA.—Pues sí, marqués; iremos.

MARQUÉS.—¿Ya sabía usted…?

DON URBANO.—¿A qué hora?

MARQUÉS.—A las cinco en punto. *(A Máximo.)* A usted no
lo invito; ya sé que no le sobra tiempo para la vida social.

MÁXIMO.—Así es, por desgracia. Hoy no le espero a usted.

MARQUÉS.—¿Cómo, si estamos de fiesta en fiesta religiosa y
mundana? Pero esta noche no se libra usted de mí.

EVARISTA *(Ligeramente burlona).*—Ya hemos notado…, ce-
lebrándolo, qué duda tiene…, la frecuencia de las visitas
del señor marqués a los talleres del gran nigromántico.

MÁXIMO.—El marqués me honra con su amistad y con el interés que pone en mis estudios.

MARQUÉS.—Me ha entrado súbitamente el delirio por la
maquinaria y por los fenómenos eléctricos… Chifladuras
de la ancianidad.

DON URBANO *(A Máximo).*—Vaya, que sacarás un buen dis-
cípulo.

EVARISTA.—Sabe Dios… *(Maliciosa.)* Sabe Dios quién será
el maestro y quién el alumno.

MARQUÉS.—A propósito del maestro: siento que, por estar
presente, me vea yo privado de decir de él todas las perre-
rías que se me ocurren.

EVARISTA.—Vete, Máximo; vete para que podamos hablar
mal de ti.

MÁXIMO.—Me voy. Despáchense a su gusto las malas lenguas. *(Al marqués.)* Abur. Siempre suyo. *(A Evarista.)* Adiós, tía.

EVARISTA.—Anda con Dios, hijo.

MARQUÉS *(A Máximo, que sale)*.—Hasta la noche…, si me dejan. *(A Evarista.)* ¡Hombre extraordinario! De fama le admiré; tratándole ahora y apreciando por mí mismo sus altas prendas, sostengo que no ha nacido quien pueda igualársele.

EVARISTA.—En el terreno científico.

MARQUÉS.—Y en todos los terrenos, señora. Pues ¿qué…?

EVARISTA.—Cierto que como inteligencia…

MARQUÉS *(Con entusiasmo)*.—Y como corazón. Pues ¿quién hay más noble, más sincero?

EVARISTA *(No queriendo empeñarse en una discusión delicada)*.—Bueno, marqués, bueno *(Variando de conversación.)* ¿Conque… decía usted que hemos de estar allí a las cinco?

MARQUÉS.—En punto. Cuento con ustedes y con Electra.

EVARISTA.—No sé si debemos llevarla…

MARQUÉS.—¡Oh! Traigo el encargo especialísimo de gestionar la presencia de la niña en esa solemnidad. Y ya me di tono de buen diplomático, asegurando que lo conseguiría. Virginia desea conocerla.

DON URBANO.—En ese caso…

MARQUÉS.—¿Me prometen ustedes no dejarme mal?

EVARISTA.—¡Oh! Cuente usted con Electra.

MARQUÉS.—Tendremos mucha y buena gente. *(Se levanta para retirarse.)*

DON URBANO.—El acto resultará brillantísimo.

MARQUÉS.—Hasta luego, pues. Yo tengo que venir a casa de Otumba. Pasaré por aquí. *(Óyese la voz de Electra por la izquierda, con alegre charla y risa. Detiénese el marqués al oírla.)*

73

ESCENA IV[II]
*(Los mismos y Electra.)*

ELECTRA *(Dentro).*—¡Ja, ja!… rica, otro beso… Tonta tú, tonta yo; pero ya nos entendemos. *(Aparece por la izquierda con una preciosa muñeca grande, a la que besa y zarandea. Detiénese como avergonzada.)*

EVARISTA.—Niña, ¿qué haces?

MARQUÉS.—No la riña usted.

ELECTRA.—Mademoiselle Lulú y yo pasamos el rato contándonos cositas.

DON URBANO *(Al marqués).*—Hoy está desatinada.

ELECTRA *(Alejándose, habla con la muñeca sigilosamente. Los demás la observan).*—Lulú, ¡qué linda eres! Pero él es más bonito. ¡Qué feliz será mi amor contigo, y yo con los dos!

MARQUÉS.—¿Sigue tan juguetona, tan…?

EVARISTA.—Desde ayer notamos en ella una tristeza que nos pone en cuidado.

MARQUÉS.—Tristeza, idealidad…

EVARISTA.—Y ahora, ya ve usted…

MARQUÉS *(Cariñoso, acudiendo a ella).*—Electra, niña preciosa…

ELECTRA *(Aproximando la cara de la muñeca a la del marqués).*—Vaya, mademoiselle, no seas huraña: da un besito a

---

[II] Toda esta escena IV, la V y parte de la VI ofrecen un extraño comportamiento en una joven de dieciocho años que anteriormente ha dado muestras de ser encantadora, un poco ingenua, ciertamente, y hasta con algo de inseguridad, tal vez porque en su entorno ha percibido incomodidad, cierta crispación, como diríamos hoy. Pero la Electra mostrada en estas escenas es de un infantilismo anormal para su edad. Galdós, muy interesado por el carácter y la psicología femeninas (muchas mujeres fueron protagonistas de su vida más íntima y, por supuesto, de sus obras literarias) con alguna frecuencia escribió escenas en que mujeres hechas y derechas caían en niñerías que hoy calificaríamos de ridículas, casi de grotescas. Tal vez en las escenas que comentamos, Galdós quiso sugerir que algo muy grave estaba amenazando a Electra y que la joven, sin duda inconscientemente, se defiende aniñándose, infantilizándose, en busca de alguna protección.

este caballero. *(Antes que el marqués bese a la muñeca, Electra le da un ligero coscorrón con la cabeza de la muñeca.)*

MARQUÉS.—¡Ah, pícara! Me pega. *(Acariciando la barbilla de Electra.)* Lulú no se enfadará si digo que su amiguita me gusta más.

EVARISTA.—Una y otra tienen el mismo seso.

DON URBANO.—Y ¿qué hablas con tu muñeca?

ELECTRA.—A ratos le cuento mis penas.

EVARISTA.—¡Penas tú!

ELECTRA.—Sí, penas yo. Y cuando nos ve usted tan calladitas es que pensamos en cosas pasadas…

MARQUÉS.—Le interesa lo pasado. Señal de reflexión.

EVARISTA.—Pero ¿qué dices? ¿Cosas pasadas?

ELECTRA.—Del tiempo en que nací. *(Con gravedad.)* El día en que yo vine al mundo fue un día muy triste, ¿verdad? ¿Alguno de ustedes se acuerda?

EVARISTA.—Pero ¡cuánto disparatas, hija! ¿No te avergüenzas de que el señor marqués te vea tan destornillada?…

ELECTRA.—Crea usted que los tontos más tontos y los niños más niños no hacen sus simplezas sin alguna razón.

MARQUÉS.—Muy bien.

EVARISTA.—Y ¿qué razón hay de este juego, impropio de tu edad?

ELECTRA *(Mirando al marqués, que sonríe a su lado).*—Ahora no puedo decirlo.

MARQUÉS.—Eso es decir que me vaya.

EVARISTA.—¡Niña!

MARQUÉS.—Si ya me iba. Siento que mis ocupaciones no me dejen tiempo para recrearme en los donaires de esta criatura. Adiós, Electra; vuelvo a las cinco para llevármela a usted.

ELECTRA.—¡A mí!

DON URBANO.—Sí, hija; vamos a la inauguración de las Esclavas.

ELECTRA.—¿Yo también?

75

EVARISTA.—Ya puedes irte arreglando.

ELECTRA *(Asustada)*.—Habrá mucha gente. ¡Ay! La gente me causa miedo. Me gusta la soledad.

MARQUÉS.—¡Si estaremos como en familia!… Vaya, no me detengo más.

EVARISTA.—Hasta luego, marqués.

MARQUÉS *(A Electra)*.—A las cinco, niña, y que aprendamos la puntualidad. *(Se va por el foro con don Urbano.)*


ESCENA V
*(Evarista y Electra.)*


EVARISTA.—Explícame ahora por qué estás tan juguetona y tan dislocada.

ELECTRA.—Verá usted, tía: yo tengo una duda, ¿cómo diré?, un problema…

EVARISTA.—¡Problemas tú!

ELECTRA.—Eso, en plural: problemas…, porque no es uno solo.

EVARISTA.—¡Anda con Dios!

ELECTRA.—Y trato de que me los resuelva, con una o con pocas palabras…

EVARISTA.—¿Quién?

ELECTRA *(Suspirando)*.—Una persona que no está en este mundo.

EVARISTA.—¡Niña!

ELECTRA.—Mi madre… No se asombre usted… Mi madre puede decirme… y luego aconsejarme… ¿No cree usted que las personas que están en el otro mundo pueden venir al nuestro? *(Gesto de incredulidad de Evarista.)* ¿Usted no lo cree? Yo, sí. Lo creo porque lo he visto. Yo he visto a mi madre.

EVARISTA.—¡Virgen del Carmen, cómo está esa pobre cabeza!

ELECTRA.—Cuando yo era una chiquilla de este tamaño…

EVARISTA.—¿En las Ursulinas de Bayona?

ELECTRA.—Sí… mi madre se me aparecía.

EVARISTA.—En sueños, naturalmente.

ELECTRA.—No, no; estando yo tan despierta como estoy ahora. *(Deja la muñeca sobre una silla.)*

EVARISTA.—Electra, mira lo que dices.

ELECTRA.—Cuando estaba yo muy triste, muy solita o enferma; cuando alguien me lastimaba dándome a entender mi desairada situación en el mundo, venía mi madre a consolarme. Primero la veía borrosa, desvanecida, confundiéndose con los objetos lejanos, con los próximos. Avanzaba como una claridad…, temblando…, así… Luego no temblaba, tía, era una forma quieta, quieta, una imagen triste; era mi madre; no podía yo dudarlo. Al principio la veía vestida de gran señora, elegantísima. Llegó un día en que la vi con el traje monjil. Su rostro entre las tocas blancas, su cuerpo cubierto de las estameñas oscuras, tenía una majestad, una belleza que no puede imaginar quien no la vio…

EVARISTA.—¡Pobre niña, no delires!

ELECTRA.—Al llegar cerca de mí alargaba sus brazos como si quisiera cogerme. Me hablaba con una voz muy dulce, lejana, escondida…, no sé cómo explicarlo. Yo le preguntaba cosas, y ella me respondía *(Mayor incredulidad de Evarista.)* Pero ¿usted no lo cree?

EVARISTA.—Sigue, hija, sigue.

ELECTRA.—En las Ursulinas tenía yo una muñeca preciosa, a quien llamaba también Lulú, y mire usted qué misterio, tía: siempre que andaba yo por la huerta, al caer la tarde, solita, con mi muñeca en brazos, tan melancólica yo como ella, mirando mucho al cielo, era segura, infalible, la visión de mi madre… Primero, entre los árboles, como figura que formaban los grupitos de hojas; después, dibujándose con claridad y avanzando hacia mí por entre los troncos oscuros…

EVARISTA.—Y ya mayorcita, cuando vivías en Hendaya, ¿también…?

ELECTRA.—Los primeros años nada más. Jugaba yo entonces con muñecas vivas: los pequeñuelos de mi prima Rosaura, niño y niña, que no se separaban de mí: me adoraban, y yo a ellos. De noche, en la soledad de mi alcoba, los niños dormiditos, aquí ellos…, yo aquí. *(Señala el sitio de las dos camas.)* Por entre las dos camas pasaba mi madre, y llegándose a mí…

EVARISTA.—¡Oh, no sigas, por Dios! Me da miedo… Pero esas visiones, hija, se concluyeron cuando fuiste entrando en edad…

ELECTRA.—Cuando dejé de tener a mi lado muñecas y niños. Por esto quiero yo volverme ahora chiquilla, y me empeño en retroceder a la edad de la inocencia, con la esperanza de que, siendo lo que entonces era, vuelva mi madre a mí y hablemos y me responda a lo que deseo preguntarle… y me dé consejo…

EVARISTA.—Y ¿qué dudas tienes tú para…?

ELECTRA *(Mirando al suelo).*—Dudas…, cosas que una no sabe y quiere saber…

EVARISTA.—¡Qué tontería!… Y ¿qué asunto tan grave es ese sobre el cual necesitas consulta, consejo?…

ELECTRA.—¡Ah! Una cosa… *(Vacila, casi está a punto de decirlo.)*

EVARISTA.—¿Qué? Dímelo.

ELECTRA.—Una cosa… *(Con timidez infantil, manoseando la muñeca y sin atreverse a declarar su secreto.)* Una cosa…

EVARISTA *(Severa y afectuosa).*—¡Ea!, ya es intolerable tanta puerilidad. *(Le quita la muñeca.)* ¡Ay! Electra, niña boba y discreta, eres un prodigio de inteligencia y gracia, cuando no el modelo de la necedad; tu alma se la disputan ángeles y demonios. Hay que intervenir, hija; hay que mediar en esa lucha, dando muchos palos a los demonios, sin reparar en que puedan caer sobre ti y causarte algún dolor… *(La besa.)* Vaya, formalidad. Necesitas ocuparte en algo, distraer tu imaginación… No olvides que a las cinco… Vete arreglando ya…

ELECTRA.—Sí, tía.

EVARISTA.—Tiempo de sobra tienes: tres cuartos de hora.

ELECTRA.—No faltaré.

EVARISTA.—Y pocas bromas, Electra… ¡Cuidado!… *(Vase por el foro; lleva la muñeca cogida de un brazo, colgando.)*

## ESCENA VI

*(Electra y Patros.)*

ELECTRA *(Mirando a la muñeca).*—¡Pobre Lulú, cómo cuelga! *(Imitando la postura de la muñeca y tentándose el hombro dolorido.)* Y ¡cómo duele, ay! *(Siéntase meditabunda.)* ¡Y aquel esperándome!… ¡Qué triste fue la separación! Lloraba, echándome los brazos…, yo le prometí volver.

PATROS *(Asomándose cautelosa por la izquierda).*—Señorita, señorita…

ELECTRA.—Entra.

PATROS *(Avanzando con precaución).*—¿Hay alguien?

ELECTRA.—Estamos solas.

PATROS.—No hay ocasión como esta, señorita. Ahora o nunca.

ELECTRA.—¿Vienes de allá?

PATROS.—De allí vengo… Muchos señores que dicen números…, millones y «cuatrollones»… Adentro, nadie.

ELECTRA *(Vacilando).*—¿Nos atrevemos?

PATROS.—Fuera miedo.

ELECTRA.—¡Virgen del Carmen, protégeme! *(Dirigiéndose a la salida que da al jardín. Detiénese Electra asustada.)* Espera. ¿No será mejor que salgamos por el otro lado? ¿Estará mi tía asomada a la ventana del comedor?

PATROS.—Podría ser. Demos la vuelta por aquí. *(Por la izquierda.)*

ELECTRA.—Por aquí. ¡Ánimo, valor y miedo!… *(Salen corriendo por la izquierda.)*

## ESCENA VII

*(Don Urbano y José, que entran por el foro*
*a punto que salen las muchachas.)*

DON URBANO.—¿Quién sale por ahí?

JOSÉ.—Es Patros, señor.

DON URBANO.—Conque… Cuéntame.

JOSÉ.—Ya son cinco los que hacen el oso a la señorita: cinco vistos por mí. ¡Sabe Dios los que habrá por bajo cuerda!

DON URBANO.—Y ¿qué hacen? ¿Rondan la casa?

JOSÉ.—Dos por la mañana, dos por la tarde, y el más chiquitín, de sol a sol.

DON URBANO.—¿Has observado si hay comunicación entre la ventana del cuarto de Electra y la calle por medio de cestilla o cuerda telefónica?

JOSÉ.—No he visto nada de eso. Pero yo que los señores pondría a la señorita en las habitaciones de allá. *(Por la izquierda.)*

DON URBANO.—Y alguno de esos mequetrefes, ¿suele colarse al jardín?

JOSÉ.—¡No le daría yo mal estacazo!

DON URBANO.—Bien; continúa vigilando. *(Entra Cuesta por el fondo.)*

## ESCENA VIII

*(Don Urbano y Cuesta, con papeles y cartas.)*

DON URBANO.—Leonardo, gracias a Dios.

CUESTA.—Ya te dije que no vendría por la mañana. *(A José, dándole una carta.)* Que certifiquen esto… Pronto. Luego llevaréis más cartas. *(Vase José.)*

DON URBANO *(Tomando un papel que le da Cuesta).*—¿Qué es esto?

CUESTA.—El resguardo de las cien mil y pico… Fírmame ahora un talón de sesenta y siete mil…

DON URBANO.—Ya…, para el envío a Roma.

CUESTA.—¿Y Evarista?

DON URBANO.—Vistiéndose.

CUESTA.—Ya sé que vais a la inauguración de la Esclavitud y que lleváis a Electra.

DON URBANO.—Por cierto que de esta niña no debemos esperar nada bueno. Cada día nos va manifestando nuevas extravagancias, nuevas ligerezas.

CUESTA *(Con viveza)*.—Que no significan maldad.

DON URBANO.—Lo son como síntoma, fíjate, como síntoma. Por esto Evarista, que es la misma previsión, ha pensado en someterla a un régimen sanitario en San José de la Penitencia.

CUESTA.—Permíteme, querido Urbano, que disienta de vuestras opiniones. Dirás tú que quién me mete a mí…

DON URBANO.—Al contrario… Como buen amigo de la casa, puedes darnos tu parecer, aconsejarnos…

CUESTA.—Eso de arrastrar a la vida claustral a las jovencitas que no han demostrado una vocación decidida es muy grave… Y no debéis extrañar que alguien se oponga…

DON URBANO.—¿Quién?

CUESTA.—¡Qué sé yo! Alguien. Hay en la vida de esa joven un factor desconocido… El mejor día… podrá suceder…, no aseguro yo que suceda; el mejor día, cuando vosotros tiréis de la cuerda para encerrar a la niña contra su voluntad, saldrá una voz diciendo: «Alto, señores de Yuste; alto…».

DON URBANO.—Y nosotros responderemos: «Bueno, señor incógnito factor… Ahí la tiene usted. Nos libra de una tutela enojosa, molestísima».

CUESTA *(Sintiendo gran fatiga, se sienta)*.—Esto es un decir, Urbano, un suponer…

DON URBANO.—¿Te sientes mal? ¿Necesitas algo?

CUESTA.—No… Este maldito corazón no se lleva bien con la voluntad.

DON URBANO.—Descansa, hombre. ¿Por qué no te echas un rato?…

CUESTA.—Pero ¿tú sabes lo que tengo que hacer? *(Sacando papeles.)* Por de pronto, dos cartas urgentísimas, que han de salir hoy.

DON URBANO.—Escríbelas aquí. *(Escogiendo un sitio en la mesa y retirando libros y papeles.)*

CUESTA.—Sí... Aquí me instalo.

DON URBANO.—Yo también estoy atareadísimo. Tengo mil menudencias...

CUESTA.—No te ocupes de mí. *(Escribiendo.)*

DON URBANO.—Perdona, Leonardo. Evarista no tardará en salir.

CUESTA *(Sin mirarlo).*—Hasta luego... *(Vase don Urbano por el foro.)*

### ESCENA IX
*(Cuesta, Electra y Patros,*
*que asoman por la puerta de la izquierda,*
*como reconociendo el terreno.)*

ELECTRA.—Cuidado, Patros... Por aquí es difícil que podamos pasarlo.

PATROS *(Reconociendo a Cuesta, a quien ven de espaldas, escribiendo).*—¡Don Leonardo!

ELECTRA.—¡Chis!... Lo más seguro es dejarlo en tu cuarto hasta la noche. ¡Vaya, que tener yo que ir a esa maldita inauguración!

CUESTA *(Sintiendo las voces, se vuelve).*—¡Ah! Electra...

ELECTRA.—¿Estorbamos, don Leonardo?

CUESTA.—No, hija mía; me hará usted el favor de esperar un poquito... hasta que yo termine esta carta. Tengo que hablar con usted.

ELECTRA.—Aquí estaré, señor. *(Aparte, a Patros.)* ¡Qué fastidio! *(Alto.)* No veníamos más que a buscar un papel y un lápiz para que Patros apuntara... *(Coge de la mesa lápiz y papel. Aparte, a Patros.)* ¡Cuídamelo bien, por Dios! ¡Ay, qué monísimo está durmiendo! ¡El hociquito, y aquellas manos sucias, y aquellas uñitas tan negras, de andar escarbando la tierra... ¡Ay, me lo comería!

PATROS.—¡Y el pelito rizado, y las patitas!...

ELECTRA *(Con efusión de cariño)*.—Me vuelvo loca. Que lo cuides, Patros; mira que...

PATROS.—Ahora le llevaré dos bollitos.

ELECTRA.—No, no; que eso ensucia el estómago... Le llevarás una sopita...

PATROS.—Y ¿cómo llevo eso?

ELECTRA.—Es verdad. ¡Ah! Pides para mí una taza de leche.

PATROS.—Eso. Y se la doy en cuanto despierte.

ELECTRA.—Aquí tienes el papel y el lápiz para que haga sus garabatitos... Es lo que más le entretiene... Luego, esta noche, aprovechando una ocasión, le traeremos a mi cuarto y dormirá conmigo.

CUESTA *(Cerrando la carta)*.—Ya he concluido.

ELECTRA.—Perdone un momento, don Leonardo. *(Aparte, a Patros.)* No te separes de él... Mucho cuidado. Si don Leonardo no me entretiene mucho, antes de vestirme iré a darle un besito.

CUESTA.—Patros...

PATROS.—Señor...

CUESTA.—Que lleven esta carta al correo.

PATROS.—Ahora mismo. *(Vase.)*

ESCENA X
*(Cuesta y Electra.)*

CUESTA *(Cogiéndole las manos)*.—Mujercita juguetona, ven aquí. ¡Qué dicha tan grande verte!

ELECTRA.—¿Me quiere usted mucho, don Leonardo? ¡Si viera usted cuánto me gusta que me quieran!

CUESTA.—Lo que más importa, hija mía, es que tengamos formalidad..., que las personas timoratas no hallen nada que censurar… Me han dicho…, creo yo que habrá sido exageración…, me han dicho que hormiguean los novios…

ELECTRA.—¡Ah, sí! Ya casi no acierto a contarlos. Pero yo no quiero más que a uno.

CUESTA.—¡A uno! ¿Y es…?

ELECTRA.—¡Oh!… Mucho quiere usted saber.

CUESTA.—¿Lo conozco yo?

ELECTRA.—¡Ya lo creo!

CUESTA.—¿Ha hecho su declaración de una manera decorosa?

ELECTRA.—¡Si no ha hecho declaración!… No me ha dicho nada… todavía.

CUESTA.—Tímido es el mocito. ¿Y a eso llama usted novio?

ELECTRA.—No debo darle tal nombre.

CUESTA.—¿Y usted le ama, y sabe o sospecha que es correspondido?

ELECTRA.—Eso… lo sospecho… No puedo asegurarlo.

CUESTA.—¿Y no podrá decirme…, a mí, que…?

ELECTRA.—¡Ay, no!

CUESTA.—¡Por Dios!, tenga usted confianza conmigo.

ELECTRA.—Ahora no puedo. Tengo que vestirme.

CUESTA.—Bueno; ya hablaremos.

ELECTRA *(Medrosa, mirando al foro).*—¿Vendrá mi tía?

CUESTA.—Vístase usted…, y mañana…

ELECTRA.—Sí, mañana. Adiós. *(Corre hacia la derecha. Movida de una repentina idea, da media vuelta.)* Antes tengo que… *(Aparte.)* No puedo vencer la tentación. Quiero darle otro besito. *(Vase corriendo por la izquierda. Cuesta la sigue con la vista. Suspira.)*

### ESCENA XI
*(Cuesta, don Urbano y Evarista;*
*después, Electra.)*

CUESTA *(Recogiendo sus papeles).*—¡Qué felicidad la mía si pudiese quererla públicamente!

EVARISTA *(Vestida para salir).*—Perdone usted el plantón, Leonardo. Ya me ha dicho este que preparamos una operación extensa.

DON URBANO *(Dando a Cuesta un talón).*—Toma.

EVARISTA.—No me asombraré de verle a usted entrar con otra carga de dinero… Dios lo manda, Dios lo recibe… *(Asoma Electra por la puerta de la izquierda. Al ver a su tía vacila, no se atreve a pasar. Arráncase al fin, tratando de escabullirse. Evarista la ve y la detiene.)* ¡Ah, pícara! Pero ¿no te has vestido? ¿Dónde estabas?

ELECTRA.—En el cuarto de la plancha. Fui a que Patros me planchara un peto…

EVARISTA.—¡Y te estás con esa calma! *(Observando que en uno de los bolsillos del delantal de Electra asoma una carta.)* ¿Qué tienes aquí? *(La coge.)*

ELECTRA.—Una carta.

CUESTA.—¡Cosas de chicos!

EVARISTA.—No puede usted figurarse, amigo Cuesta, lo incómoda que me tiene esta niña con sus chiquilladas, que no son tan inocentes, no. *(Da la carta a su marido.)* Lee tú.

CUESTA.—Veamos.

DON URBANO *(Lee).*—«Señorita: Tengo para mí que en su rostro hechicero…»

EVARISTA *(Burlándose).*—¡Qué bonito! *(Electra contiene difícilmente la risa.)*

DON URBANO.—«Que en su rostro hechicero ha escrito el Supremo Artífice el problema de… del…» *(Sin entender la palabra siguiente.)*

ELECTRA *(Apuntando).*—«Del cosmos.»

DON URBANO.—Eso es… «Del cosmos, simbolizando en su luminosa mirada, en su boca divina, el poderoso agente físico que…».

EVARISTA *(Arrebatando la carta).*—¡Qué indecorosas necedades!

DON URBANO *(Descubriendo otra carta en el otro bolsillo).*—Pues aquí hay otra. *(La coge.)*

CUESTA.—¡A ver, a ver esa!

EVARISTA.—Hija, tu cuerpo es un buzón.

CUESTA *(Leyendo).*—«Despiadada Electra, ¿con qué palabras expresaré mi desesperación, mi locura, mi frenesí?»

EVARISTA.—Basta… Eso ya no es inocente. *(Incomodada, registrándole los bolsillos.)* Apostaría que hay más.

CUESTA.—Evarista, indulgencia.

ELECTRA.—Tía, no se enfade usted…

EVARISTA.—¡Que no me enfade! Ya te arreglaré, ya. Corre a vestirte.

DON URBANO *(Mirando su reloj).*—Casi es la hora.

ELECTRA.—En un instante estoy…

EVARISTA.—Anda, anda. *(Gozosa de verse libre, corre Electra a su habitación.)*

### ESCENA XII
*(Cuesta, don Urbano, Evarista y Pantoja.)*

EVARISTA *(Con tristeza y desaliento).*—Ya ve usted, Leonardo.

CUESTA.—La tranquilidad con que se ha dejado sorprender sus secretos revela que hay en todo ello poca o ninguna malicia.

EVARISTA.—¡Ay!, no opino lo mismo, no, no…

PANTOJA *(Por el foro, algo sofocado).*—Aquí están…, y también Cuesta, para que no pueda uno hablar con libertad…

EVARISTA *(Gozosa de verlo).*—Al fin aparece usted… *(Se forman dos grupos: a la izquierda, Cuesta sentado, don Urbano en pie; a la derecha, Pantoja y Evarista sentados.)*

PANTOJA.—Vengo a contar a usted cosas de la mayor gravedad.

EVARISTA *(Asustada).*—¡Ay de mí!… Sea lo que Dios quiera.

PANTOJA *(Repitiendo la frase con reservas).*—Sea lo que Dios quiera…, sí… Pero queramos lo que quiere Dios, y apliquemos nuestra voluntad a producir el bien, cueste lo que cueste.

EVARISTA.—La energía de usted fortifica mi ánimo… Bueno… ¿Y qué?…

PANTOJA.—Hoy, en casa de Requeséns, han hablado de la chiquilla en los términos más desvergonzados. Contaban que, acosada indecorosamente del enjambre de novios, se deleita recibiendo y mandando cartitas a todas horas del día.

EVARISTA.—Desgraciadamente, Salvador, las frivolidades de la niña son tales que, aun queriéndola tanto, no puedo salir a su defensa.

PANTOJA *(Angustiado)*.—Pues oiga usted más, y entérese de que la malicia humana no tiene límites. Anoche, el marqués de Ronda, en la tertulia de su casa, delante de Virginia, su santa esposa, y de otras personas de grandísimo respeto, no cesaba de encomiar las gracias de Electra en términos harto mundanos, repugnantes.

EVARISTA.—Tengamos paciencia, amigo mío…

PANTOJA.—Paciencia…, sí, paciencia; virtud que vale muy poco si no se avalora con la resolución. Determinémonos, amiga del alma, a poner a Electra donde no vea ejemplos de liviandad ni oiga ninguna palabra con dejos maliciosos…

EVARISTA.—Donde respire el ambiente de la virtud austera…

PANTOJA.—Donde no la trastorne el zumbido de los venenosos pretendientes sin pudor… En la crítica edad de la formación del carácter, debemos preservarla del mayor peligro, señora, del inmenso peligro…

EVARISTA.—¿Cuál?

PANTOJA.—El hombre. No hay nada más malo que el hombre, el hombre…, cuando no es bueno. Lo sé por mí mismo: he sido mi propio maestro. Mi desvarío, del que curé con la gracia de Dios, y después mi triste convalecencia me enseñaron medicina de las almas… Déjeme, déjeme usted… Yo salvaré a la niña… *(Le interrumpe don Urbano, que pasa al grupo de la derecha.)*

DON URBANO *(Dando interés a sus palabras)*.—¿Saben lo que me dice Cuesta? Pues que entre la cáfila de novios hay un preferido. Electra misma se lo ha confesado.

EVARISTA.—Y ¿quién es? *(Pasa de la derecha a la izquierda, quedando a la derecha Pantoja y Urbano.)*

DON URBANO *(A Pantoja).*—Esto podría cambiar los términos del problema.

PANTOJA *(Malhumorado).*—Pero ¿esa preferencia qué significa? ¿Es un afecto puro o una pasioncilla inmoderada, febril, de estas que son el síntoma más grave de la locura del siglo? *(Muy excitado, alzando el tono.)* Porque hay que saberlo, Urbano; hay que saberlo.

DON URBANO.—Lo sabremos...

PANTOJA *(Pasando junto a Cuesta).*—Y usted, amigo Cuesta, ¿no la interrogó?

EVARISTA *(En el centro, a don Urbano).*—Tú procura enterarte...

CUESTA *(Algo molesto ya, contestando a Pantoja).*—Paréceme que despliegan ustedes un celo extremado y contraproducente.

PANTOJA *(Con suavidad que no oculta su altanería).*—El celo mío, queridísimo Leonardo, es lo que debe ser.

CUESTA *(Un poco herido).*—Yo, como amigo de la familia, creí...

PANTOJA *(Llevándose a don Urbano hacia la derecha).*—Cuesta se mete demasiado en lo que no le importa.

CUESTA *(A Evarista, sin cuidarse de que le oiga Pantoja).*—Nuestro buen Pantoja se introduce con demasiada libertad en el cercado ajeno.

EVARISTA *(Sin saber qué explicación darle).*—Es que..., como amigo nuestro muy antiguo y leal...

CUESTA.—Yo también lo soy.

DON URBANO *(Mirando al foro).*—Ya está aquí el marqués.

## ESCENA XIII
*(Los mismos y el marqués.)*

MARQUÉS.—¡Cuánto bueno por aquí!

PANTOJA *(Aparte).*—¡Cuánto malo llega!

MARQUÉS *(Después de saludar a Evarista).*—¿Y Electra?

EVARISTA.—Enseguida saldrá.

MARQUÉS *(Saludando a todos).*—No nos sobra tiempo.

DON URBANO.—Es la hora. *(Pantoja, impaciente, espera a Electra en la puerta del cuarto de esta. Cuesta habla con don Urbano.)*

ESCENA XIV

*(Los mismos y Electra.)*

PANTOJA *(Con alegría, anunciándola).*—Ya está aquí. *(Entra Electra por la derecha, vestida con elegantísima sencillez y distinción.)*

MARQUÉS *(Gozoso y encomiástico).*—¡Oh, qué elegante!

ELECTRA *(Satisfecha, volviéndose para que la vean por todos lados).*—Caballeros, ¿qué tal?

CUESTA.—¡Divina!

MARQUÉS.—¡Ideal!

EVARISTA.—Muy bien, hija…

PANTOJA *(Displicente por los elogios que tributan a Electra).*—¿Nos vamos? *(Prepáranse a salir.)*

ESCENA XV

*(Los mismos y Balbina,*
*que interrumpe bruscamente la escena,*
*entrando por la izquierda presurosa y sofocada.)*

BALBINA.—¡Señora, señora! *(Alarma general.)*

TODOS *(Menos Electra).*—¿Qué?

BALBINA.—¡Ay, lo que ha hecho la señorita!

ELECTRA *(Aparte, dando una patadita).*—Me han descubierto.

BALBINA.—¡Jesús, Jesús!… ¡Qué diabluras se le ocurren…! *(Riendo.)* ¡Vaya, que…! En el nombre del Padre…

EVARISTA *(Impaciente).*—Acaba…

ELECTRA.—Confesaré si me dejan. Ha sido que…

BALBINA.—Fue a casa de don Máximo y le robó…, porque ha sido como un robo…, muy salado, eso sí.

DON URBANO.—¿Pero qué…?

BALBINA.—El niño chiquitín. *(Miran todos a Electra, que pronto se repone del susto y adopta una actitud serena y grave.)*

EVARISTA.—¡Pero,hija…!

PANTOJA.—¡Niña, niña!

BALBINA.—Estaba en su casa dormidito. Entraron de puntillas la señorita y esa loca de Patros…, cargaron con él y acá nos lo han traído.

EVARISTA.—Es absurdo.

PANTOJA *(Disimulando su irritación)*.—Además, poco decente.

ELECTRA *(Con efusión)*.—Tía, ¡le quiero tanto…!, ¡y él a mí!

MARQUÉS *(Entusiasmado)*.—¡Qué chiquilla!

CUESTA.—Merece indulgencia.

EVARISTA.—Máximo estará furioso…

BALBINA.—José corrió a enterarse. Pronto sabremos…

DON URBANO.—¿Y el crío dónde está?

BALBINA.—En el cuarto de Patros le escondió la señorita, con el propósito de llevárselo por la noche a su cuarto y tenerlo allí consigo. *(Risas de los caballeros, menos de Pantoja, que frunce el ceño.)* Despertó el chiquillo hace poco, y Patros le dio un bizcocho para que se entretuviera… Yo que lo oigo…, acudo allá, y me lo veo… ¡Virgen…! Quiero cogerlo, él no se deja…, tengo que darle azotes…

ELECTRA *(Corriendo hacia la izquierda con instintivo impulso)*.—¡Alma mía!

PANTOJA *(Queriendo detenerla)*.—No.

EVARISTA *(La coge por un brazo)*.—Aguarda.

BALBINA *(En la puerta de la izquierda)*.—Desde aquí se oyen sus chillidos.

ELECTRA.—¡Pobrecito mío!

EVARISTA.—Que lo lleven a su casa.

ELECTRA.—Nadie lo toque… Es mío. *(Forcejeando, se desprende de Evarista y Pantoja, que quieren sujetarla, y con veloz carrera se va por la izquierda.)*

## ESCENA XVI
*(Los mismos y José.)*

PANTOJA *(Airado, retirándose a la derecha).*—¡Qué falta de juicio, de dignidad!

JOSÉ *(Presuroso, por el jardín).*—Señora…

EVARISTA.—¿Qué dice Máximo?

JOSÉ.—No sabía nada. Está con unos señores… Cuando se lo conté, se echó a reír… Pues tan tranquilo… Dice que la señorita cuidará de la criatura.

DON URBANO.—¡Vaya una calma!

EVARISTA *(A José).*—Vas a llevarle a su casa. Así aprenderá esa tontuela…

MARQUÉS.—Voto porque se le deje disfrutar de un juguete tan lindo.

## ESCENA XVII
*(Los mismos y Electra, por la izquierda, con el niño en brazos. El niño es de dos años, poco más o menos.)*

ELECTRA.—¡Hijo de mi alma!

EVARISTA.—Niña, por Dios, déjalo y vámonos.

DON URBANO *(Dando prisa).*—Que llegamos tarde…

CUESTA *(Al marqués).*—Es un rasgo de maternidad. Yo lo aplaudo.

MARQUÉS.—Y yo lo tengo por divino.

EVARISTA *(Queriendo quitarle el niño).*—Vamos, mujer.

ELECTRA *(Con paso muy ligero se aparta de los que quieren quitarle al chiquillo. Este se agarra al cuello de Electra).*—No, ahora no puedo dejarlo, no, no.

EVARISTA.—Cógelo, Balbina.

ELECTRA.—No…, que no. *(Pasa de un lado a otro, buscando refugio.)*

DON URBANO.—Dámelo a mí.

ELECTRA.—No.

PANTOJA *(Imperioso, a José).*—Usted, recójalo.

ELECTRA.—Que no… Es mío.

EVARISTA.—¡Pero, hija, que tenemos que irnos…!

ELECTRA.—Váyanse. *(Le molesta el sombrero, que tropieza en la frente del niño al besarlo; con rápido movimiento se lo quita y lo arroja lejos. Sigue paseando al niño, huyendo de los que quieren quitárselo.)*

EVARISTA.—Basta ya. ¿Vienes o no?

ELECTRA *(Sin hacer caso, hablando con el pequeñuelo, que le echa los brazos al cuello y la besa).*—Amor mío, duérmete. No temas, hijo… No te suelto.

EVARISTA.—Pero ¿vamos o no?

ELECTRA.—Yo no voy… ¿Tienes hambre, sol mío? ¿Tienes sed? Ved cómo a mí se agarra el pobrecito pidiéndome que no le abandone. ¡Egoístas! ¿No sabéis que no tiene madre?

PANTOJA.—Pero alguien tendrá que le cuide…

EVARISTA *(Imperiosa, a los criados).*—¡Ea, basta! Llevadlo pronto a su casa.

ELECTRA *(Con resolución, sin dejarse quitar al chiquillo).*—¡A casa, a casa! *(Con paso decidido y sin mirar a nadie, corre hacia el jardín, y sale. Todos la miran suspensos, sin atreverse a dar un paso hacia ella.)*

PANTOJA.—¡Qué escándalo!

EVARISTA.—¡Qué falta de sentido!

MARQUÉS *(Aparte).*—Sentido le sobra. Ha encontrado su camino.

# ACTO TERCERO

*Laboratorio de Máximo. Al fondo, ocupando gran parte del muro, rompimiento con un mamparo de madera en la parte inferior, de cristales en la superior, el cual separa la escena de un local grande en que hay aparatos para producir energía eléctrica. La puerta practicable en el zócalo de este mamparo comunica con la calle. A la derecha, primer término, un pasadizo que comunica con el jardín de García Yuste. En último término, una puerta que comunica con las habitaciones privadas de Máximo y con la cocina. Entre la puerta y pasadizo, un estante de libros. A la izquierda, puerta que conduce a la estancia donde trabajan los ayudantes. Junto a dicha puerta, un estante con aparatos de física y objetos de uso científico. En el fondo, a los lados del rompimiento y en el zócalo de madera estanterías con frascos de sustancias diversas y libros. En el ángulo de la derecha, un aparador pequeño. A la izquierda de la escena, la mesa de laboratorio con los objetos que en el diálogo se indican.Formando ángulo con ella, la balanza de precisión en un soporte de fábrica. En el centro, una mesa pequeña para comer. Cuatro sillas.*

## ESCENA I

*(Máximo trabajando en un cálculo con gran atención en su tarea; Electra, en pie, ordenando los múltiples objetos que hay sobre la mesa; libros, cápsulas, tubos de ensayo,etc. Viste con sencillez casera y lleva delantal blanco.)*

MÁXIMO.—Para mí, Electra, la doble historia que me has contado, esa supuesta potestad de dos caballeros, es un hecho que parece de valor positivo. *(Sin levantar la vista del papel.)*

ELECTRA *(Suspirando).*—Dios te oiga.

MÁXIMO.—Todo se reduce a dos paternidades platónicas sin ningún efecto legal... hasta ahora. Lo peor del caso es la autoridad que quiere tomarse el señor de Pantoja...

93

ELECTRA.—Autoridad que me abruma, que no me deja respirar. Yo te suplico que no hablemos de ese asunto. Se me amarga la alegría que siento en esta casa.

MÁXIMO.—¿De veras?

ELECTRA.—Sí. Y hay más: me pongo en ese estado singularísimo de mi cabeza y de mis nervios que… Ya te conté que en ciertas ocasiones de mi vida se apodera de mí un deseo intenso de ver la imagen de mi pobre madre como la veía en mi niñez… Pues en cuanto arrecia la tiranía de Pantoja, ese anhelo me llena toda el alma, y con él siento la turbación nerviosa y mental que me anuncia…

MÁXIMO.—¿La visión de tu madre? Chiquilla, eso no es propio de un espíritu fuerte. Aprende a dominar tu imaginación… Ea, a trabajar. El ocio es el primer perturbador de nuestra mente.

ELECTRA *(Muy animada)*.—Sigo lo que me habías encargado. *(Coge unos frascos de sustancias minerales y los lleva a uno de los estantes.)* Esto a su sitio… Así no pienso en el furor de mi tía cuando sepa…

MÁXIMO *(Atento a su trabajo)*.—¡Contenta se pondrá! Como si no fuera bastante la locura de ayer, cuando te llevaste al chiquillo, y al devolvérmelo te estuviste aquí más de lo regular, hoy, para enmendarla, te has venido a mi casa, y aquí te estás tan fresca. Da gracias a Dios por la ausencia de nuestros tíos. Invitados por los de Requeséns al reparto de premios y al almuerzo en Santa Clara, ignoran el saltito que ha dado la muñeca de su casa a la mía.

ELECTRA.—Tú me aconsejaste que me insubordinara.

MÁXIMO.—Sí tal; yo he sido el instigador de tu delito, y no me pesa.

ELECTRA.—Mi conciencia me dice que en esto no hay nada malo.

MÁXIMO.—Estás en la casa y en la compañía de un hombre de bien.

ELECTRA *(Siempre en su trabajo, hablando sin abandonar la ocupación).*—Cierto. Y digo más: estando tú abrumado de trabajo, solo, sin servidumbre, y no teniendo yo nada que hacer, es muy natural que…

MÁXIMO.—Que vengas a cuidar de mí y de mis hijos… Si eso no es lógico, digamos que la lógica ha desaparecido del mundo.

ELECTRA.—¡Pobrecitos niños! Todo el mundo sabe que les adoro: son mi pasión, mi debilidad… *(Máximo, abstraído en una operación, no se entera de lo que ella dice.)* Y hasta me parece… *(Se acerca a la mesa llevando unos libros que estaban fuera de su sitio.)*

MÁXIMO *(Saliendo de su abstracción).*—¿Qué?

ELECTRA.—Que su madre no les quería más que yo.

MÁXIMO *(Satisfecho del resultado de un cálculo, lee en voz alta una cifra).*—Cero, trescientos dieciocho… Hazme el favor de alcanzarme las Tablas de resistencias… Aquel libro rojo.

ELECTRA *(Corriendo al estante de la derecha).*—¿Es esto?

MÁXIMO.—Más arriba.

ELECTRA.—Ya, ya…, ¡qué tonta! *(Cogiendo el libro, se lo lleva.)*

MÁXIMO.—Es maravilloso que en tan poco tiempo conozcas mis libros y el lugar que ocupan.

ELECTRA.—No dirás que no lo he puesto todo muy arregladito.

MÁXIMO.—¡Gracias a Dios que veo en mi estudio la limpieza y el orden!

ELECTRA *(Muy satisfecha).*—¿Verdad, Máximo, que no soy absolutamente, absolutamente inútil?

MÁXIMO *(Mirándola fijamente).*—Nada existe en la creación que no sirva para algo. ¿Quién te dice a ti que no te crió Dios para grandes fines? ¿Quién te dice que no eres tú…?

ELECTRA *(Ansiosa).*—¿Qué?

MÁXIMO.—¿Un alma grande, hermosa, nobilísima, que aún está medio ahogada… entre el serrín y la estopa de una muñeca?

ELECTRA *(Muy gozosa).*—¡Ay, Dios mío, si yo fuera eso…! *(Máximo se levanta y en el estante de la izquierda coge unas barras de metal y las examina.)* No me lo digas, que me vuelvo loca de alegría… ¿Puedo cantar ahora?

MÁXIMO.—Sí, chiquilla, sí. *(Tarareando, Electra repite el andante de una sonata.)* La buena música es como espuela de las ideas perezosas que no afluyen fácilmente: es también como el gancho que saca las que están muy agarradas al fondo del magín… Canta, hija, canta. *(Continúa atento a su ocupación.)*

ELECTRA *(En el estante del foro).*—Sigo arreglando esto. Los metaloides van a este lado. Bien los conozco por el color de las etiquetas… ¡Cómo me entretiene este trabajito! Aquí me estaría todo el santo día…

MÁXIMO *(Jovial).*—¡Eh, compañera!

ELECTRA *(Corriendo a su lado).*—¿Qué manda el «mágico prodigioso»?

MÁXIMO.—No mando todavía: suplico. *(Coge un frasco que contiene un metal en limaduras o virutas.)* Pues la juguetona Electra quiere trabajar a mi lado, me hará el favor de pesarme treinta gramos de este metal.

ELECTRA.—¡Oh, sí…!

MÁXIMO.—Ayer aprendiste a pesar en la balanza de precisión.

ELECTRA *(Gozosa, preparándose).*—Sí, sí…, dame, déjame. *(Al verter el metal en la cápsula, admira su belleza.)* ¡Qué bonito! ¿Qué es esto?

MÁXIMO.—Aluminio. Se parece a ti. Pesa poco.

ELECTRA.—¿Que peso poco?

MÁXIMO.—Pero es muy tenaz. *(Mirándola al rostro.)* ¿Eres tú muy tenaz?

ELECTRA.—En algunas cosas, que me reservo, soy tenaz hasta la barbarie y creo que llegado el caso lo sería hasta el martirio. *(Sigue pesando sin interrumpir la operación.)*

MÁXIMO.—¿Qué cosas son esas?

ELECTRA.—A ti no te importan.

MÁXIMO *(Atendiendo al trabajo)*.—Mejor… Enseguidita me pesas setenta gramos de cobre. *(Presentándole otro frasco.)*

ELECTRA.—El cobre serás tú. No, no que es muy feo.

MÁXIMO.—Pero muy útil.

ELECTRA.—No, no; compárate con el oro, que es el que vale más.

MÁXIMO.—Vaya, vaya, no juguemos. Me contagias, Electra; me desmoralizas…

ELECTRA.—Déjame que me recree con las cualidades de este metal bonito, que es mi semejante. ¡Soy tenaz…, no me rompo!… Pues bien puedes decírselo a Evarista y a Urbano, que en el sermón que me echaron hoy dijéronme como unas cuarenta veces que soy… frágil… ¡Frágil, chico!

MÁXIMO.—No saben lo que dicen.

ELECTRA.—Claro; ¿qué saben ellos…?

MÁXIMO.—Cuidado, Electra; con la conversación no te me equivoques en el peso.

ELECTRA.—¡Equivocarme yo! ¡Qué tonto! Tengo yo mucho tino, más de lo que tú crees.

MÁXIMO.—Ya, ya lo voy viendo. *(Dirígese a uno de los estantes en busca de un crisol.)* Pues tu tía se enojará de veras, y nos costará mucho trabajo convencerla de tu inocencia.

ELECTRA.—Dios, que ve los corazones, sabe que en esto no hay ningún mal. ¿Por qué no han de permitirme que esté aquí todo el día, cuidándote, ayudándote?…

MÁXIMO *(Volviendo con el crisol que ha elegido)*.—Porque eres una señorita, y las señoritas no pueden permanecer solas en la casa de un hombre, por muy decente y honrado que este sea.

ELECTRA.—¡Pues estamos divertidas, como hay Dios, las pobres señoritas! *(Terminado el peso, presenta las dos porciones de metal en cápsulas de porcelana.)* ¡Ea, ya está!

MÁXIMO *(Coge las cápsulas)*.—¡Y qué bien! ¡Qué primor, qué limpieza de manos!… ¡Qué pulso, chiquilla, y qué serenidad en la atención para no embarullar el trabajo! Estás atinadísima.

97

ELECTRA.—Y, sobre todo, contenta. Cuando hay alegría todo se hace bien.

MÁXIMO.—Verdad, clarísima verdad. *(Vierte los dos cuerpos en el crisol.)*

ELECTRA.—¿Eso es un crisol?

MÁXIMO.—Sí, para fundir estos dos metales.

ELECTRA.—Nos fundimos tú y yo... Nos pelearemos en medio del fuego, y... *(Tararea la sonata.)*

MÁXIMO.—Hazme el favor de llamar a Mariano.

ELECTRA *(Corriendo a la puerta a la izquierda).*—¡Mariano!

MÁXIMO.—Que venga también Gil.

ELECTRA.—Gil..., pronto... Que os llama el maestro. *(Dándoles prisa.)* Vamos...

## ESCENA II

*(Electra y Máximo; Mariano y Gil:*
*el primero, vestido de operario, con blusa;*
*el segundo, con traje usual, manguitos y la pluma en la oreja.)*

GIL *(Mostrándole un cálculo).*—Este es el valor obtenido.

MÁXIMO *(Lee rápidamente la cifra).*—Cero ciento cincuenta y ocho cero setenta y tres... Está equivocado. *(Seguro de lo que dice y con cierta severidad.)* No es posible que para un diámetro de cable menor de cuatro milímetros obtengamos un circuito mayor, según tu cálculo. La verdadera distancia debe de ser inferior a doscientos kilómetros.

GIL.—Pues no sé... Señor, yo... *(Confuso.)*

MÁXIMO.—Está mal. Sin duda te has distraído.

ELECTRA.—No ponéis la atención debida..., una atención serena...

MÁXIMO.—Es que mientras hacéis los cálculos estáis pensando en las musarañas.

ELECTRA *(Riñéndole).*—Y hablando de toros, de teatros, de mil tonterías. Así sale ello.

GIL.—Rectificaré las operaciones.

MÁXIMO.—Mucho tino, Gil.

ELECTRA.—Y sobre todo mucha paciencia, aplicando los cinco sentidos… De otro modo, no adelantamos nada.

GIL.—Voy…

ELECTRA.—Y pronto… No descuidarse… ¡Vaya! *(Vase Gil.)*

MÁXIMO *(A Mariano, entregándole los metales unidos).*—Aquí tienes.

MARIANO.—Para fundir…

MÁXIMO.—¿Habéis preparado el horno?…

MARIANO.—Sí, señor.

MÁXIMO.—Ponlo inmediatamente, y en cuanto esté en punto de fusión me avisas. Con esta aleación haremos un nuevo ensayo de conductibilidad… Espero llegar a los doscientos kilómetros con pérdida escasísima.

MARIANO.—¿Haremos el ensayo esta tarde?

MÁXIMO *(Atormentado de una idea fija).*—Sí… No abandono este problema. *(A Electra.)* Es mi idea fija, que no me deja vivir.

ELECTRA.—Idea fija tengo yo también y por ella vivo. ¡Adelante con ella!

MÁXIMO *(A Electra).*—Adelante. *(A Mariano.)* Adelante siempre.

MARIANO.—¿Manda otra cosa?

MÁXIMO.—Que actives la fusión.

ELECTRA.—Que active usted la fusión, Mariano…, que queden los metales bien juntitos.

MARIANO.—Los dos en uno, señorita. *(Vase Mariano llevándose el metal.)*

ELECTRA.—Dos en uno.

MÁXIMO *(Como preparándole otra ocupación).*—Ahora, mi graciosa discípula.

ELECTRA.—Perdone usted, señor «mágico». Tengo que ver si han despertado los niños.

MÁXIMO.—Es verdad. ¿Cuánto hace que comieron?

ELECTRA.—Tres cuartos de hora. Deben dormir media hora más. ¿Está bien dispuesto así?

MÁXIMO.—Sí, hija mía. Todo lo que tú determinas está muy bien.

ELECTRA.—¡Tú mira lo que dices!…

MÁXIMO.—Sé lo que digo.

ELECTRA.—Que está bien todo lo que yo determino.

MÁXIMO *(Mirándola, cariñoso)*.—Todo, todo…

ELECTRA.—Que conste… ¡Ea, voy y vuelvo volando! *(Con suma ligereza, cantando, se va por la puerta de la derecha hacia el interior de la casa. A punto que ella sale entra el Operario por el fondo.)*


ESCENA III

*(Máximo y el Operario.)*


MÁXIMO.—¿Qué hay?

OPERARIO.—Señor, hoy ha vuelto ese caballero…, el señor marqués de Ronda.

MÁXIMO.—¿Y cómo no ha pasado?

OPERARIO.—Me preguntó si podría ver a usted… Respondíle que tenía visita… Y él, así como si fuera de casa, sin picardía, dijo: «Ya sé…, la señorita Electra. No me parece bien pasar ahora…». Y se fue.

MÁXIMO *(Vivamente)*.—Lo siento. ¿Por qué no le anunciaste? ¡Pero qué tonto!

OPERARIO.—Dijo que volvería.

MÁXIMO.—Pues, si vuelve, aunque esté aquí la señorita Electra, y mejor aún si está, le dejas paso franco.

OPERARIO.—Bien, señor. *(Se va por el fondo.)*


ESCENA IV

*(Máximo y Electra.)*


ELECTRA *(Volviendo de lo interior)*.—Dormiditos están como unos ángeles. Allá les dejo media hora más reponiendo en el sueño sus cuerpecitos fatigados.

MÁXIMO.—Hija, debemos mirar por nuestros cuerpecitos…
o nuestros corpachones. ¿Comemos?

ELECTRA.—Cuando quieras. Todo lo tengo pronto. *(Dirígese al aparador donde tiene la vajilla, cubiertos, mantel y ser-
villetas, frutero.)*

MÁXIMO.—Eso me gusta. Todo a punto. Así se llega siempre
a donde se quiere ir.

ELECTRA *(Extiende el mantel).*—De eso trato… pero con
todo mi tino no llegaré, ¡ay!

MÁXIMO.—Déjame que te ayude a poner la mesa. *(Electra le
va dando platos y cubiertos, el vino, el pan.)* Sí llegarás…

ELECTRA.—¿Lo crees tú?

MÁXIMO.—Tan cierto como… como que tengo un hambre
de cincuenta caballos.

ELECTRA.—Me alegro. Ahora falta que te guste la comida
que te han hecho estas pobres manos.

MÁXIMO.—Tráela, y veremos.

ELECTRA.—Al instante. *(Corre al interior de la casa.)*

### ESCENA V
*(Máximo y Gil.)*

MÁXIMO.—¡Singular caso! Cada palabra, cada gesto, cada acción de esta preciosa mujercita, en la libertad de que goza,
son otros tantos resplandores que arroja su alma inquieta,
noblemente ambiciosa, ávida de mostrarse en los afectos
grandes y en las virtudes superiores. *(Con ardor.)* ¡Bendita
sea ella, que trae la alegría, la luz, a este escondrijo de la ciencia, triste, oscuro, y con sus gracias hace de esta aridez un paraíso! ¡Bendita ella, que ha venido a sacar de su abstracción
a este pobre Fausto, envejecido a los treinta y cinco años, y
a decirle: «No se vive solo de verdades…»! *(Le interrumpe
Gil, que ha entrado poco antes; se acerca sin ser visto.)*

GIL *(Satisfecho, mostrando el cálculo).*—Ya está. Creo haber obtenido la cifra exacta.

MÁXIMO *(Coge el papel y lo mira vagamente sin fijarse)*.—¡La exactitud!… Pero ¿crees tú que se vive solo de verdades?… Saturada de ellas, el alma apetece el ensueño, corre hacia él sin saber si va de lo cierto a lo mentiroso, o del error a la realidad. *(Lee maquinalmente sin hacerse cargo.)* Cero trescientos dieciocho setenta y tres… Mirándolo bien, Gil, nuestras equivocaciones en el cálculo son disculpables.

GIL.—Sí, señor…, se distrae uno fácilmente pensando en…

MÁXIMO.—En cosas vagas, indeterminadas, risueñas, y los números se escapan, se van por los aires…

GIL.—Y cualquiera los coge. Distraído yo, confundí la cifra de la potencial con la de la resistencia. Pero ya rectifiqué. Dígame si está bien…

MÁXIMO *(Lee)*.—Cero trescientos dieciocho setenta y tres… *(Con repentina transición a un gozo expansivo.)* Y si no lo estuviera, Gil; si por refrescar tu mente con ideas dulces, con imágenes sonrosadas, poéticas, te hubieras equivocado, ¿qué importaba? Nuestra maestra, nuestra tirana, la exactitud, nos lo perdonaría.

GIL.—¡Ah!, señor, esa no perdona. Es muy severa. Nos agobia, nos esclaviza, no nos deja respirar.

MÁXIMO.—Hoy no; hoy es indulgente. La maestra, de ordinario tan adusta, hoy nos sonríe con rostro placentero. ¿Ves esa cifra?

GIL *(Diciéndola de memoria muy satisfecho)*.—Cero trescientos dieciocho setenta y tres.

MÁXIMO.—Pues di que los primeros poetas del mundo, Homero y Virgilio, Dante, Lope, Calderón, no escribieron jamás una «estrofa» tan inspirada y poética como lo es esa para mí, esos pobres números… Verdad que la armonía, el canto poético no están en ellos: están en… Vete… Puedes irte a comer… Déjame, déjanos. *(Lo empuja para que se vaya.)* No me conozco: yo también confundo… Lúcido estoy con esta inquietud, con esta pérdida de mi serenidad… Es ella la que… *(Desde el punto conveniente*

ELECTRA

*de la escena mira al interior.)* Allí está la imaginación, allí el ideal, allí la divina muñeca, entre pucheros…[12] *(Vuelve al proscenio.)* ¡Oh! Electra, tú, juguetona y risueña, ¡cuán llena de vida y de esperanzas, y la ciencia, qué yerta, qué solitaria, qué vacía!

ESCENA VI
*(Máximo y Electra.)*

ELECTRA *(Entrando con una cazuela humeante).*—Aquí está lo bueno.

MÁXIMO.—¿A ver, a ver qué has hecho? ¡Arroz con menudillos! La traza es superior. *(Se sienta.)*

ELECTRA.—Elógialo por adelantado, que está muy bien… Verás. *(Se sienta.)*

MÁXIMO.—Se me ha metido en mi casa un angelito cocinero…

ELECTRA.—Llámame lo que quieras, Máximo; pero ángel no me llames.

MÁXIMO.—Ángel de cocina… *(Ríen ambos.)*

ELECTRA.—Ni eso. *(Haciéndole el plato.)*[13] Te sirvo.

MÁXIMO.—No tanto.

ELECTRA.—Mira que no hay más. He creído que en estos apuros vale más una sola cosa buena que muchas medianas. *(Empieza a comer.)*

[12] Dos referencias, poso de lecturas, a Santa Teresa de Jesús: «También entre los pucheros está el señor», «La loca de la casa». La primera frase está en el *Libro de las fundaciones*, en el capítulo cinco, allí dice así: «Pues, ¡ea!, hijas mías, no haya desconsuelo, cuando la obediencia os trajere empleadas en cosas exteriores, entender que, si es en la cocina, entre los pucheros anda el Señor, y ayudándoos en lo interior y exterior». De la frase referente a la imaginción («La loca de la casa») no sé en qué libro de Santa Teresa se encuentra, ni siquiera si es verdaderamente de la santa de Ávila. Galdós tituló así una de sus obras teatrales más aplaudidas.

[13] *Haciéndole el plato:* Sirviéndole, poniendo la comida en el plato de Máximo.

103

MÁXIMO.—Acertadísimo… ¿Sabes de qué me río? ¡Si ahora viniera Evarista y nos viera comiendo, así, solos…!

ELECTRA.—¡Y cuando supiera que la comida está hecha por mí!

MÁXIMO.—Chica, ¿sabes que este arroz está muy bien, pero muy bien hecho…?

ELECTRA.—En Hendaya, una señora valenciana fue mi maestra: me dio un verdadero curso de arroces. Sé hacer lo menos siete clases, todos riquísimos.

MÁXIMO.—Vaya, chiquilla, eres un mundo que se descubre…

ELECTRA.—¿Y quién es mi Colón?

MÁXIMO.—No hay Colón. Digo que eres un mundo que se descubre solo…

ELECTRA *(Riendo)*.—Pues por ser yo un mundito chiquito, que se cree digno de que lo descubran, ¡pobre de mí!, determinarán hacerme monja, para preservarme de los peligros que amenazan a la inocencia.

MÁXIMO *(Después de probar el vino, mira la etiqueta)*.—Vamos, que no has traído mal vino.

ELECTRA.—En tu magnífica bodega, que es como una biblioteca de riquísimos vinos, he escogido el mejor burdeos, y un jerez superior.

MÁXIMO.—Muy bien. No es tonta la bibliotecaria.

ELECTRA.—Pues sí. Ya sé lo que me espera: la soledad de un convento…

MÁXIMO.—Me temo que sí. De esta no escapas.

ELECTRA *(Asustada)*.—¿Cómo?

MÁXIMO *(Rectificándose)*.—Digo, sí; te escapas…, te salvaré yo…

ELECTRA.—Me has prometido ampararme.

MÁXIMO.—Sí, sí… Pues no faltaba más.

ELECTRA *(Con gran interés)*.—Y ¿qué piensas hacer? Dímelo…

MÁXIMO.—Ya verás…: la cosa es grave…

ELECTRA.—Hablas con la tía…, y… ¿qué más?

MÁXIMO.—Pues… hablo con la tía…

ELECTRA.—¿Y qué le dices, hombre?

MÁXIMO.—Hablo con el tío…

ELECTRA *(Impaciente)*.—Bueno; supongamos que has hablado ya con todos los tíos del mundo… Después…

MÁXIMO.—No te importe el procedimiento. Ten por seguro que te tomaré bajo mi amparo, y una vez que te ponga en lugar honrado y seguro, procederé al examen y selección de novios. De esto quiero hablar contigo ahora mismo.

ELECTRA.—¿Me reñirás?

MÁXIMO.—No; ya me has dicho que te hastía el juego de muñecos vivos, o llámense novios.

ELECTRA.—Buscaba en ello la medicina de mi aburrimiento, y a cada toma me aburría más…

MÁXIMO.—¿Ninguno ha despertado en ti un sentimiento… distinto de las burlas?

ELECTRA.—Ninguno.

MÁXIMO.—¿Todos se te han manifestado por escrito?

ELECTRA.—Algunos… por el lenguaje de los ojos, que no siempre sabemos interpretar. Por eso no los cuento.

MÁXIMO.—Sí; hay que incluirlos a todos en el catálogo, lo mismo a los que tiran de pluma que a los que foguean con miraditas. Y henos aquí frente al grave asunto que reclama mi opinión y mi consejo. Electra, debes casarte, y pronto.

ELECTRA *(Bajando los ojos, vergonzosa)*.—¿Pronto…? Por Dios, ¿qué prisa tengo?

MÁXIMO.—Antes hoy que mañana. Necesitas a tu lado un hombre, un marido. Tienes alma, temple, instintos y virtudes matrimoniales. Pues bien: en la caterva de tus pretendientes, forzoso será que elija yo uno, el mejor, el que por sus cualidades sea digno de ti. Y el colmo de la felicidad será que mi elección coincida con tu preferencia, porque no adelantaríamos nada, fíjate bien, si no consiguiera yo llevarte a un matrimonio de amor.

ELECTRA *(Con suma espontaneidad)*.—¡Ay, sí!

MÁXIMO.—A la vida tranquila, ejemplar, fecunda, de un hogar dichoso…

ELECTRA.—¡Ay, qué preciosidad! Pero ¿merezco yo eso?

MÁXIMO.—Yo creo que sí… Pronto se ha de ver. *(Concluyen de comer el arroz.)*

ELECTRA.—¿Quieres más?

MÁXIMO.—No, hija, gracias. He comido muy bien.

ELECTRA *(Poniendo el frutero en la mesa).*—De postre no te pongo más que fruta. Sé que te gusta mucho.

MÁXIMO *(Cogiendo una hermosa manzana).*—Sí, porque esto es la verdad. No se ve aquí mano del hombre… más que para cogerla.

ELECTRA.—Es la obra de Dios. ¡Hermosa, espléndida, sin ningún artificio!

MÁXIMO.—Dios hace estas maravillas para que el hombre las coja y se las coma… Pero no todos tienen la dicha o la suerte de pasar bajo el árbol… *(Monda una manzana.)*

ELECTRA.—Sí pasan, sí pasan…, pero algunos van tan abstraídos mirando al suelo, que no ven el hermoso fruto, que les dice: «Cógeme, cómeme». Y bastaría que por un momento se apartasen de sus afanes y alzaran los ojos…

MÁXIMO *(Contemplándola).*—Como alzar los ojos, yo… ya miro, ya…

### ESCENA VII
*(Electra, Máximo y Mariano, por la izquierda.)*

MARIANO.—Señor.[14]

MÁXIMO.—¿Qué?

---

[14] La intervención de Mariano me pareció hace años (y así lo hice constar en mi estudio sobre «Circunstancias temporales de la *Electra* de Galdós») que estaba inspirada en otra escena muy semejante de la novela de Baroja *La casa de Aizgorri*. Baroja cuenta en sus memorias *(Obras Completas,* vol. VII, Madrid, Biblioteca Nueva, 1949) que Galdós le hizo un gran elogio de *La casa de Aizgorri,* que a su propio autor, Baroja, no le gustaba mucho. La conversación entre los dos autores tuvo lugar, según Baroja, entre los días en que don Benito estaba escribiendo *Electra.* El protagonista de la novela de Baroja se llama Mariano, igual que el ayudante de Máximo en la obra de Galdós.

MARIANO.—¡Al rojo vivo!

ELECTRA.—¡Ah, la fusión!

MÁXIMO.—Cuando esté al blanco incipiente me avisas.

MARIANO *(A punto de marcharse)*.—Está bien.

MÁXIMO.—Oye: que nos preparen en la fábrica la batería Bunsen. Advierte que antes de dar luz necesito la dinamo grande para un ensayo.

MARIANO.—Bien. *(Vase por el fondo.)*

### ESCENA VIII
*(Electra y Máximo; después, el Operario.)*

ELECTRA *(Con tristeza)*.—Pronto tendrás que ocuparte de la fusión, y yo…

MÁXIMO.—Y tú…, naturalmente, volverás a tu casa…

ELECTRA *(Suspirando)*.—¡Ay!, no quiero pensar en la que se armará cuando yo entre…

MÁXIMO.—Tú oyes, callas y esperas…

ELECTRA.—¡Esperar, esperar siempre! *(Concluyen de comer. Electra se levanta y retira platos.)* ¡Ay! Si tú no miras por esta pobre huérfana, pienso que ha de ser muy desgraciada… ¡Es mucho cuento, Señor! Evarista y Pantoja, empeñados en que yo he de ser ángel, y yo…, vamos, que no me llama Dios por el camino angelical.

MÁXIMO *(Que se ha levantado y parece dispuesto a proseguir sus trabajos)*.—No temas. Confía en mí. Yo te reclamaré como protector tuyo, como maestro…

ELECTRA *(Aproximándose a él suplicante)*.—Pero no tardes. Por la salud de tus hijos, Máximo, no tardes. Oye lo que se me ocurre: ¿por qué no me tomas como a uno de tus niños y me tienes como ellos y con ellos?

MÁXIMO *(Con seriedad, muy afectuoso)*.—¿Sabes que es una excelente idea? Hay que pensarlo… Déjame que lo piense.

OPERARIO *(Por el foro)*.—El señor marqués de Ronda.

ELECTRA *(Asustada)*.—¡Oh! Debo marcharme…

MÁXIMO.—No, hija; si es nuestro amigo, nuestro mejor amigo… Ya verás… *(Al Operario.)* Que pase. *(Vase el Operario.)*

ELECTRA.—Pensará tal vez…

MÁXIMO.—No pensará nada malo. ¿Has hecho café?

ELECTRA.—Iba a colarlo ahora…, un café riquísimo… Sé hacerlo a maravilla.

MÁXIMO.—Tráelo… Convidamos al marqués.

ELECTRA.—Bueno, bueno. Pues tú lo mandas… Voy por el café. *(Vase gozosa, con paso ligero.)*

ESCENA IX

*(Máximo, el marqués y Electra;
al fin de la escena, Mariano.)*

MÁXIMO.—Adelante, marqués.

MARQUÉS.—Ilustre, simpático amigo. *(Desconsolado, mirando a todos lados.)* ¿Y Electra?

MÁXIMO.—En la cocina.

MARQUÉS.—¡En la cocina!

MÁXIMO.—Volverá al instante. Hemos comido, y ahora tomaremos café.

MARQUÉS.—¡Han comido! *(Observando la mesa.)*

MÁXIMO.—Un arroz delicioso, hecho por ella.

MARQUÉS.—¡Bendita sea mil veces! *(Muy desconsolado.)* ¡Pero, hombre! ¡No haberme convidado! Vamos, no se lo perdono a usted.

MÁXIMO.—¡Si esto ha sido una improvisación! ¿Por qué no pasó usted antes, cuando estuvo en la fábrica?…

MARQUÉS.—Es verdad… Mía es la culpa.

MÁXIMO.—Tomaremos café. Y perdone, querido marqués, que le reciba y le obsequie en esta pobreza estudiantil.

MARQUÉS.—Ya lo he dicho: no acabo de comprender que usted, hombre acaudalado, teniendo arriba tan magníficas habitaciones…

MÁXIMO.—Es muy sencillo. La ciencia y el hábito del estudio me recluyen en esta madriguera. He puesto a mis hijos en los aposentos bajos para tenerlos cerca de mí, y aquí vivo, como un ermitaño.

MARQUÉS.—Sin acordarse de que es rico…

MÁXIMO.—Mi opulencia es la sencillez, mi lujo, la sobriedad, mi reposo, el trabajo, y así he de vivir mientras esté solo.

MARQUÉS.—La soledad toca a su fin. Hay que determinarse. En fin, mi querido amigo, vengo a prevenir a usted… *(Entra Electra con el café.)* ¡Oh, la encantadora divinidad casera!

ELECTRA *(Avanza cuidadosa con la bandeja en que trae el servicio, temiendo que se le caiga alguna pieza).*—Por Dios, marqués, no me riña.

MARQUÉS.—¡Reñir yo!

ELECTRA.—Ni me haga reír. Temo hacer un destrozo ¡Cuidado! *(El marqués toma de sus manos la bandeja.)*

MARQUÉS.—Aquí estoy yo para impedir cualquier catástrofe. *(Pone todo en la mesa.)* No tengo por qué reñir, hija mía. En otra parte me asustaría esta libertad. En la morada de la honradez laboriosa, de la caballerosidad más exquisita, no me causa temor.

MÁXIMO.—Gracias, señor marqués. *(Les sirve el café.)*

MARQUÉS.—No lo aprecian del mismo modo los señores de enfrente… La noticia de lo que aquí pasa ha llegado al Asilo de Santa Clara, fundación de María Requeséns. Confusión y alarma de los García Yuste. Allá está reunido todo elcónclave.

ELECTRA.—¡Dios tenga piedad de mí!

MARQUÉS.—Hija mía, calma.

MÁXIMO.—Tú déjate, déjanos a nosotros.

MARQUÉS.—Por mi parte, para todas las contingencias que pueda traer esta travesurilla tienen ustedes en mí un amigo incondicional, un defensor valiente.

ELECTRA *(Cariñosa).*—¡Oh marqués, qué bueno es usted!

MÁXIMO.—¡Qué bueno!

ELECTRA.—Y ¿qué tienen que decir de mi café?

MARQUÉS.—Que es digno de Júpiter, el papá de los dioses. En el Olimpo no lo sirvieron nunca mejor. ¡Benditas las manos que lo han hecho! Conceda Dios a mi vejez el consuelo de repetir estas dulces sobremesas entre las dos personas… *(Muy cariñoso, tocando las manos de uno y otro.)* Entre los dos amigos que ahora me escuchan, me atienden y me agasajan.

ELECTRA.—¡Oh, qué hermosa esperanza!

MARQUÉS.—Me voy a permitir, querido Máximo, emplear con usted un signo de confianza. No lo lleve usted a mal… Mis canas me autorizan.

MÁXIMO.—Lo adivino, marqués.

MARQUÉS.—Desde este momento queda establecida la siguiente reforma… social. Le tuteo a usted, es decir a ti.

MÁXIMO.—Lo considero como una gran honra.

ELECTRA.—Y ¿ a mí por qué no?

MARQUÉS *(A Máximo).*—¿Qué te parece? ¿También a ella?

MÁXIMO.—Sí, sí…, bajo mi responsabilidad.

ELECTRA *(Aplaudiendo).*—Bravo, bravo.

MARQUÉS *(Muy satisfecho).*—Bien, amigos míos: correspondo a vuestra confianza participándoos que el cónclave prepara contra vosotros resoluciones de una severidad inaudita.

ELECTRA.—Dios mío, ¿por qué?

MARQUÉS.—Los señores de García Yuste, muy santos y muy buenos… Dios los conserve…, se han lanzado a la navegación por lo infinito, y queriendo subir, subir muy alto, han arrojado el lastre, que es la lógica terrestre. *(Máximo hace signos de asentimiento.)*

ELECTRA.—No entiendo…

MARQUÉS.—Ese lastre, ese plomo, la lógica terrestre, la lógica humana, lo recogemos nosotros.

MÁXIMO *(Riendo)*.—Está bien, muy bien.

ELECTRA *(Aplaudiendo sin entenderlo)*.—Lastre, plomo recogido, lógica humana… Muy bien.

MARQUÉS.—Dueños de esa fuerza, la santa lógica, es urgente que nos preparemos para desbaratar los planes del enemigo. *(A Electra.)* Primera determinación nuestra: que vuelvas a tu casa. No te asustes. No irás sola.

ELECTRA.—¡Ay! Respiro.

MARQUÉS.—Iremos contigo los dos profesores de lógica terrestre que estamos aquí.

ELECTRA *(Gozosa)*.—¡Dios mío, qué felicidad! Yo entre los dos, conducida por la pareja de la Guardia Civil.

MÁXIMO *(Al marqués)*.—¿No le parece a usted que debemos ir de día para que se vea con qué arrogancia desafían estos criminales la plena luz?

MARQUÉS.—¡Oh, no! Opino que vayamos después de anochecido para que se vea que nuestra honradez no teme la oscuridad.

MÁXIMO.—¡Excelente idea! De noche.

ELECTRA.—De noche.

MARIANO *(Asomándose a la puerta de la izquierda)*.—¡Señor, al blanco incipiente!

ELECTRA *(Con alegría infantil)*.—¡La fusión! *(Dice esto con alegría inconsciente.)*

MÁXIMO *(A Mariano)*.—No puedo ahora. Avísame en el punto del blanco resplandeciente. *(Vase Mariano.)*

MARQUÉS *(Con solemnidad, tomando una copa)*.—Permitidme, amigos del alma, que brinde por la feliz unión, por el perfecto himeneo de esos benditos metales.

MÁXIMO *(Con entusiasmo, alzando la copa)*.—Brindo por nuestro primer metalúrgico, el noble marqués de Ronda.

ELECTRA *(Con emoción muy viva, brindando)*.—¡Por el grande y cariñoso amigo! *(Aparece Pantoja por la derecha, viniendo del jardín. Permanece en la puerta contemplando con frío estupor la escena.)*

BENITO PÉREZ GALDÓS

ESCENA X
*(Máximo, Electra, el marqués y Pantoja.)*

MARQUÉS.—¡El enemigo!

ELECTRA *(Aterrada).*—¡Don Salvador! ¡El Señor sea conmigo!

MÁXIMO.—Adelante, señor de Pantoja. *(Pantoja avanza silencioso, con lentitud.)* ¿A qué debo el honor…?

PANTOJA.—Anticipándome a mis buenos amigos Urbano y Evarista, que pronto volverán a su casa, aquí estoy, dispuesto a cumplir el deber de ellos y el mío.

MÁXIMO.—¡El deber de ellos… usted…!

MARQUÉS.—Viene a sorprendernos con aires de polizonte.

MÁXIMO.—En nosotros ve, sin duda, criminales empedernidos.

PANTOJA.—No veo nada, no quiero ver más que a Electra, por quien vengo; a Electra, que no debe estar aquí, y que ahora se retirará conmigo, y conmigo llorará su error. *(Coge la mano de Electra, que está como insensible, inmovilizada por el miedo.)* Ven.

MÁXIMO.—Perdone usted. *(Sereno y grave, se acerca a Pantoja.)* Con todo el respeto que a usted debo, señor de Pantoja, le suplico que deje en libertad esa mano. Antes de cogerla debió usted hablar conmigo, que soy el dueño de esta casa y el responsable de todo lo que en ella ocurre, de lo que usted ve…, de lo que no quiere ver.

PANTOJA *(Después de una corta vacilación, suelta la mano de Electra).*—Bien: por el momento suelto la mano de la pobre criatura descarriada o traída aquí con engaño, y hablo contigo…, a quien solo quisiera decir muy pocas palabras: «Vengo por Electra. Dame lo que no es tuyo, lo que jamás será tuyo».

MÁXIMO.—Electra es libre: ni yo la he traído aquí contra su voluntad, ni contra su voluntad se la llevará usted.

MARQUÉS.—Que nos indique siquiera en qué funda su autoridad.

PANTOJA.—Yo no necesito decir a ustedes el fundamento de mi autoridad. ¿A qué tomarme ese trabajo si estoy seguro

112

de que ella, la niña graciosa… y ciega, no ha de negarme la obediencia que le pido? Electra, hija del alma, ¿no basta una palabra mía, una mirada, para separarte de estos hombres y traerte a los brazos de quien ha cifrado en ti los amores más puros, de quien no vive ni quiere vivir más que para ti? *(Rígida y mirando al suelo, Electra calla.)*

MÁXIMO.—No basta, no, esa palabra de usted.

MARQUÉS.—No parece convencida, señor mío.

MÁXIMO.—Permítame usted que la interrogue yo. Electra, adorada niña, responde: ¿tu corazón y tu conciencia te dicen que entre todos los hombres que conoces, los que aquí ves y otros que no están presentes, solo a este, solo a ese sujeto respetable debes obediencia y amor?

MARQUÉS.—Habla con tu corazón, hija; con tu conciencia.

MÁXIMO.—Y si él te ordena que le sigas, y nosotros que permanezcas aquí, ¿qué harás con libre voluntad?

ELECTRA *(Después de una penosa lucha).*—Estar aquí.

MARQUÉS.—¿Lo ve usted?

PANTOJA.—Está fascinada. No es dueña de sí.

MÁXIMO.—No insistirá usted.

MARQUÉS.—Se declarará vencido.

PANTOJA *(Con fría tenacidad).*—Yo no me creo vencido. La razón siempre está victoriosa, yo me estimaría indigno de poseer la que Dios me ha dado y guardo aquí si no la pusiera continuamente por encima de todos los errores y de todos los extravíos. No, no cedo, Máximo; los metales que arden en tus hornos son menos duros que yo. Tus máquinas potentes son artificios de caña si las comparas con mi voluntad. Electra me pertenece: basta que yo lo diga.

ELECTRA *(Aparte).*—¡Qué terror siento!

MÁXIMO.—Si quiere usted asegurarse del poder de su voluntad, pruébela contra la mía.

PANTOJA.—No necesito probarla ni contigo ni con nadie, sino hacer lo que debo.

MÁXIMO.—El deber, esa es mi fuerza.

PANTOJA.—Un deber con móviles terrenos y fines accidentales. El deber mío se mueve por una conciencia tan fuerte y dura como los ejes del Universo, y mis fines están tan altos que tú no los ves ni podrás verlos nunca.

MÁXIMO.—Súbase usted tan alto como quiera. A lo más alto iré yo para decirle que no le temo, ni Electra tampoco.

PANTOJA.—Caprichudo es el hombre.

MÁXIMO.—Para que hable usted de metales duros.

MARQUÉS.—Electra volverá a su casa con nosotros…

MÁXIMO.—Conmigo, y esto bastará para que sus tíos le perdonen su travesura.

PANTOJA.—Sus tíos no la perdonarán ni la recibirán mejor viéndola entrar contigo, porque sus tíos no pueden renegar de sus sentimientos, de sus convicciones firmísimas. *(Exaltándose.)* Yo estoy en el mundo para que Electra no se pierda, y no se perderá. Así lo quiere la divina voluntad, de la que es reflejo este querer mío, que os parece brutalidad caprichosa, porque no entendéis, no, de las grandes empresas del espíritu, pobres ciegos, pobres locos…

ELECTRA *(Consternada).*—Don Salvador, por la Virgen, no se enfade usted. Yo no soy mala… Máximo es bueno… Usted lo sabe… los tíos lo saben… ¡Que no debí venir aquí sola…! Bueno… Volveré a casa. Máximo y el marqués irán conmigo y los tíos me perdonarán. *(A Máximo y al marqués.)* ¿Verdad que me perdonarán?… *(A Pantoja.)* ¿Por qué quiere usted mal a Máximo, que no le ha hecho ningún daño? ¿Verdad que no? ¿Qué razón hay de esa ojeriza?

MÁXIMO.—No es ojeriza: es odio recóndito, inextinguible.

PANTOJA.—Odiarte no. Mis creencias me prohíben el odio. Cierto que entre nosotros, por causa de tus ideas insanas, hay cierta incompatibilidad… Además, tu padre, Lázaro Yuste, y yo, ¡ay, dolor!, tuvimos desavenencias profundas, de las que más vale no hablar ahora. Pero a ti no te aborrezco, Máximo… Más bien te estimo. *(Cambiando el tono austero e iracundo por otro más suave, conciliador.)* Dejo a un lado la severidad con que al principio te hablé, y forzando un tanto mi carácter… te suplico que permitas a Electra partir conmigo.

MÁXIMO *(Inflexible)*.—No puedo acceder a su ruego.

PANTOJA *(Violentándose más)*.—Por segunda vez, Máximo, olvidando todo resentimiento, casi, casi deseando tu amistad, te lo suplico… Déjala.

MÁXIMO.—Imposible.

PANTOJA *(Devorando su humillación)*.—Bien, bien… Me lo has negado por segunda vez… No tengo más que dos mejillas. Si tres tuviera para recibir de tu mano tres bofetadas, por tercera vez, te pediría lo mismo. *(Con gravedad y rigidez, sin ninguna inflexión de ternura.)* Adiós, Electra… Máximo, marqués, adiós.

ELECTRA *(En voz baja, a Máximo)*.—Por Dios, Máximo, transige un poco.

MÁXIMO *(Redondamente)*.—No.

ELECTRA.—¿No dijiste que me llevaríais tú y el marqués? Vámonos todos juntos. *(Esta frase es oída por Pantoja en su marcha lenta hacia la salida. Detiénese.)*

MÁXIMO *(Con energía)*.—No… Él ha de irse primero. Cuando a nosotros nos acomode, y sin la salvaguardia de nadie, iremos.

PANTOJA *(Fríamente, ya en la puerta)*.—¿Y a qué vas tú? ¿A empeorar la situación de la pobre niña?

MÁXIMO.—Voy… a lo que voy.

PANTOJA.—¿No puedo saberlo?

MÁXIMO.—No es preciso.

PANTOJA.—No he pretendido que me reveles tus intenciones. ¿Para qué, si las conozco? *(Da algunos pasos hacia el centro de la escena, clavando la mirada en Máximo.)* No me fío de la expresión de tus ojos. Penetro en el doble fondo de tu mente: allí veo lo que piensas… No te interrogué por saber tu intención, que ya sabía, sino por oírte las bonitas promesas con que la encubres… En ti no mora la verdad; en ti no mora el bien, no, no…, no… *(Vase despacio, repitiendo las últimas palabras.)*

## ESCENA XI
*(Electra, Máximo, el marqués y Mariano.)*

ELECTRA *(Aterrada).*—Se fue… ¿Volverá?

MARQUÉS.—¡Qué hombre! *(Principia a oscurecer.)*

MÁXIMO.—Más que hombre es una montaña que quiere desplomarse sobre nosotros y aplastarnos.

MARQUÉS.—Pero no caerá… Es un monte imaginario, inofensivo.

ELECTRA *(Consternada, buscando refugio junto a Máximo).*—Ampárame, Máximo. Quítame este terror.

MÁXIMO.—Nada temas. Ven a mí. *(Le coge las manos.)*

MARQUÉS.—Ya oscurece. Debemos irnos ya.

ELECTRA.—Vamos… *(Incrédula y medrosa.)* Pero, de veras, ¿voy contigo?

MÁXIMO.—Unidos en este acto, como lo estaremos toda la vida…

ELECTRA.—¿Contigo siempre? *(Aumenta la oscuridad.)*

MARIANO *(En la puerta de la izquierda).*—¡Señor, el blanco deslumbrante!

MARQUÉS *(A Mariano).*—La fusión está hecha. Apaga los hornos.

MÁXIMO *(Con gran efusión, besándole las manos).*—Alma luminosa, corazón grande, contigo siempre… Voy a decir a nuestros tíos que te reclamo, que te hago mía, que serás mi compañera y la madrecita de mis hijos.

ELECTRA *(Acongojada, como si la alegría la trastornase).*—No me engañes… ¿Viviré con tus niños, seré entre ellos la niña mayor…, seré tu mujer?

MÁXIMO *(Con fuerte voz).*—Sí, sí. *(Iluminada la sala del fondo, resplandece con viva claridad toda la escena.)*

MARQUÉS.—Vámonos… Ya viene la noche.

ELECTRA.—Es el día. ¡Día eterno para mí! *(Máximo la enlaza por la cintura y salen. El marqués, tras ellos.)*

# ACTO CUARTO

*Jardín del palacio de García Yuste. A la derecha, la entrada al palacio, con escalera de pocos peldaños. A la izquierda, haciendo juego con la entrada, un cuerpo de arquitectura grotesca, decorado con bajorrelieves; al pie de esta construcción, un banco de piedra, en ángulo, de traza elegante. Jarrones o plantas exóticas en tibores decoran esta terraza con piso de mosaico, entre el edificio y el suelo enarenado del jardín. En segundo término, y en el fondo, el jardín, con grandes árboles y macizos de flores. Del centro parten tres paseos en curvas. El de la izquierda conduce a la calle. Sillas de hierro. Es de día.*

### ESCENA I
*(Electra y Patros, con una cesta de flores, que acaban de coger.)*

ELECTRA *(Sacando del bolsillo una carta).*—Déjame aquí las flores y toma la carta.

PATROS *(Deja las flores).*—Y van tres hoy.

ELECTRA *(Escogiendo las flores pequeñas, forma con ellas tres ramitos).*—No caben en el tiempo las infinitas cosas que Máximo y yo tenemos que decirnos.

PATROS.—Bendito sea Dios, que de la noche a la mañana ha dado tanta felicidad a la señorita.

ELECTRA.—Anoche pidió mi mano. Hoy decidirán mis tíos la fecha de nuestra boda.

PATROS.—Y, entre tanto, carta va, carta viene.

ELECTRA.—En estas horas de impaciencia febril, Máximo y yo no podemos privarnos de comunicación escrita. En mi carta de las ocho y quince le decía cosas muy serias; en la de las nueve y veinticinco le decía que no se descuide en dar a Lolín la cucharadita de jarabe cada dos horas, y en esta que

117

ahora llevas le advierto que mi tía está en misa, que aún tardará en venir. Tienen que hablar…, naturalmente.

PATROS.—Ya…Hasta las once no volverá de misa la señora…

ELECTRA.—Ya las once iré yo con el tío. *(Atando los tres ramitos.)* ¡Ea, ya están! Este para él, y estos para los nenes. A cada uno el suyo para que no se peleen… *(Disponiéndose a componer el ramo grande.)* Ahora el ramo para la Virgen de los Dolores… Vete y vuelve pronto para que me ayudes… Espérate por la contestación, que, aunque solo sea de dos palabras, me colmará de alegría.

PATROS.—Voy volando. *(Vase corriendo por el foro.)*

ELECTRA *(Eligiendo las flores más bonitas para formar el ramo).*—Hoy, Virgen mía, mi ofrenda será mayor: debiera ser tan grande que dejara sin una flor el jardín de mis tíos; quisiera poner hoy ante tu imagen todas las cosas bonitas que hay en la Naturaleza, las rosas, las estrellas, los corazones que saben amar… ¡Oh, Virgen santa, consuelo y esperanza nuestra, no me abandones, llévame al bien que te he pedido, al que me prometiste anoche, hablándome con la expresión de tus divinos ojos, cuando yo con mis lágrimas te decía mi ansiedad, mi gratitud!…

PATROS *(Presurosa, por el fondo).*—No traigo carta, pero sí un recadito que vale más.

ELECTRA.—¿Qué?… ¿Sale?

PATROS.—Ahora mismo, en cuanto se vayan unos señores que ya estaban despidiéndose… Que le espere usted aquí y hablarán un ratito… Tiene que ir a una conferencia telefónica.

ELECTRA *(Mirando al fondo).*—¿Vendrá ya? *(Siente pasos.)* Me parece.

PATROS.—Ya viene.

ELECTRA *(Dándole el ramo).*—Toma…Para la Virgen.

PATROS.—Ya, ya.

ELECTRA *(Deteniéndola).*—Pero no se lo pongas a la Virgen del oratorio… Cuidado, Patros… A la del oratorio, no, sino a la mía, a la que tengo en la cabecera de mi cama. Por Dios, no te equivoques.

PATROS.—¡Ah, no!… Ya sé… *(Entra corriendo en la casa.)*

ESCENA II
*(Electra y Máximo;
después, el marqués.)*

MÁXIMO *(A distancia, abriendo un poco los brazos).*—¡Niña!

ELECTRA *(Lo mismo).*—¡Maestro!

MÁXIMO.—Estamos avergonzados… No sabemos qué decirnos.

ELECTRA.—Avergonzadísimos. Empieza tú.

MÁXIMO.—Tú… Para que se te quite la vergüenza, dime una gran mentira: que no me quieres.

ELECTRA.—Dime tú primero una gran verdad.

MÁXIMO.—Que te adoro. *(Se aproximan.)*

ELECTRA.—¡Falso, traidor! Toma esta rosa que he cogido para ti. Es pequeñita y modesta. Así quisiera ser siempre para ti, tu chiquilla. *(Se la pone en el ojal.)*

MÁXIMO *(Con admiración).*—¡Corazón grande, inteligencia superior!

ELECTRA.—Aumenta corazón y rebaja inteligencia.

MÁXIMO.—No rebajonada.

ELECTRA.—¿Sabes? Quisiera yo ser muy bruta, muy cerril, para llegar a ti en la mayor ignorancia, y que pudieras tú enseñarme las primeras ideas. No quiero tener nada que no sea tuyo.

MÁXIMO.—Ideas hermosas y sentimientos nobles te sobran. Dios te ha dotado generosamente colmándote de preciosidades, y ahora te pone en mis manos para que este obrero cachazudo te perfile, te remate, te pulimente.

ELECTRA.—Te vas a lucir, maestro; yo te digo que te lucirás.

MÁXIMO.—Haré una mujer buena, juiciosa, amante… ¡Vaya si me luciré! *(Mira su reloj.)*

ELECTRA.—No te detengas por mí. Miremos ante todo a las obligaciones. ¿Tardarás mucho?

MÁXIMO.—No creo. Estaré aquí cuando Evarista vuelva de misa.

ELECTRA.—Y nuestro marqués, ¿ha venido como nos prometió?

MÁXIMO.—En casa le dejo, escribiendo una carta para su notario. ¡Incomparable amigo!… ¡Ah! ¿no sabes? Anoche, cuando volvimos a casa, le referí tu novela paterna…, la novela de dos capítulos. Está el hombre indignado…; pero en ello vamos ganando, que así le tenemos a nuestra completa devoción, y con más alma y cariño nos defiende.

ELECTRA *(Sorprendida)*.—Pero ¿necesitamos defensa todavía?

MÁXIMO.—En lo esencial, claro es que no… Pero ¿quién te asegura que los rivales de nuestro amigo no nos molestarán con dificultades, con entorpecimientos de un orden secundario?

ELECTRA *(Tranquilizándose)*.—De eso nos reiríamos.

MÁXIMO.—Pero riéndonos…, debemos prevenir…

MARQUÉS *(Presuroso por el foro)*.—¿Aquí todavía?

MÁXIMO.—Marqués, en sus manos encomiendo mi alma.

MARQUÉS *(Riñéndole cariñoso)*.—¡Que llegas tarde!

MÁXIMO.—Ya me voy. Hasta muy luego.

ELECTRA *(Viéndole salir)*.—Corre… Ven pronto.

### ESCENA III
*(Electra y el marqués.)*

MARQUÉS.—Bien por el galán científico… ¡Y qué admirable hallazgo para ti! Tu amor juvenil necesita un amor viudo; tu imaginación lozana, una razón fría. Al lado de este hombre, será mi niña una gran mujer.

ELECTRA.—Seré lo que él quiera hacer de mí. *(Con gran curiosidad.)* Dígame, marqués, ¿trató usted a la pobrecita mujer de Máximo? No extrañará usted mi curiosidad… Es muy natural que desee conocer la vida anterior del hombre que amo.

MARQUÉS.—No la traté…, la vi en compañía de Máximo una, dos veces. Era vascongada, desapacible, vulgar, poco inteligente; buena esposa, eso sí. Pero no debió de ser aquel matrimonio un modelo de felicidades.

ELECTRA.—A los padres de Máximo sí les conoció usted.

MARQUÉS.—A la madre no la vi nunca: era francesa, señora de gran mérito. Mi mujer fue su amiga. A Lázaro Yuste sí le traté, aunque no con intimidad, en España y en Francia, allá por el sesenta y ocho… Hombre muy inteligente y afortunado en el negocio de minas, y con no poca suerte también, según decían, en las campañas amorosas. Era hombre de historia.

ELECTRA.—En eso no se parece a su hijo, que es la misma corrección.

MARQUÉS.—Bien puedes decir que te ha tocado el lote de marido más valioso y completo: cerebro de gigante, corazón de niño. Por tenerlo todo, hasta es poseedor de una buena fortuna: lo que le dejó su padre y la reciente herencia de sus tíos franceses. ¿Qué más quieres? Pide por esa boca, y verás cómo Dios te dice: «Niña, no hay más».

ELECTRA *(Suspirando fuerte)*.—¡Ay!… Y ahora dígame, señor marqués de mi alma: ¿puedo estar tranquila?

MARQUÉS.—Absolutamente.

ELECTRA.—¿Y nada debo temer de las dos personas que…? Ya sabe usted que se creen con autoridad…

MARQUÉS.—Algo podrán molestarnos quizá… Pero ya les bajaremos los humos.

ELECTRA.—¿El señor de Cuesta…?

MARQUÉS.—Es el de menos cuidado. Hoy he hablado con él, y espero que acabe por apoyarnos resueltamente.

ELECTRA.—¿El señor de Pantoja…?

MARQUÉS.—Ese rezongará, nos dará cuantas jaquecas pueda, si se las consentimos; tocará la trompa bíblica para meternos miedo: pero no le hagas caso.

ELECTRA.—¿De veras?

MARQUÉS.—No puede nada, nada absolutamente.

ELECTRA.—Y si me le encuentro por ahí, ¿no tengo por qué asustarme?

MARQUÉS.—Como te asustaría un moscardón con su zumbido mareante, que va y viene, gira y torna...

ELECTRA.—¡Oh, qué alivio para mi pobre espíritu! *(Con entusiasmo cariñoso.)* Señor marqués de Ronda, Dios le bendiga.

MARQUÉS *(Muy afectuoso).*—¡Pobre niña mía! Dios será contigo.

ESCENA IV

*(Los mismos y don Urbano,*
*que viene de la casa, con sombrero.)*

DON URBANO.—Marqués, Dios le guarde.

MARQUÉS.—¿Puedo hablar con usted, querido Urbano?

DON URBANO.—¿Será lo mismo después de misa? *(A Electra.)* Pero, chiquilla, ¿estás con esa calma? Ya tocan.

ELECTRA.—No tengo más que ponerme el sombrero. Medio minuto, tío. *(Entra corriendo en la casa.)*

MARQUÉS.—Fijaremos la fecha de la boda, y se extenderá en regla el acta de consentimiento.

DON URBANO.—Mejor será que trate usted ese asunto con Evarista.

MARQUÉS.—Pero, amigo mío, ha llegado la ocasión de que usted haga frente a ciertas injerencias que anulan la autoridad del jefe de la familia.

DON URBANO.—Querido marqués, pídame usted que altere, que transforme todo el sistema planetario, que quite los astros de aquí para ponerlos allá; pero no me pida cosa contraria a los pareceres de mi mujer.

MARQUÉS.—Hombre, no tanta, no tanta sumisión... Yo insisto en que debo tratar este asunto particularmente con usted, no con Evarista.

DON URBANO.—Véngase usted con nosotros a misa, y hablaremos.

MARQUÉS.—Sí que iré.

## ESCENA V
*(Los mismos, Electra, Evarista y Pantoja.)*

ELECTRA *(Con sombrero, guantes, libro de misa).*—Ya estoy.

DON URBANO.—Vamos. El marqués nos acompaña.

EVARISTA *(Por el fondo izquierda, seguida de Pantoja).*—Vayan pronto.

PANTOJA.—Pronto, si quieren alcanzarla.

EVARISTA.—¿Volverá usted, marqués?

MARQUÉS.—¡Oh!, seguro, infalible.

EVARISTA.—Hasta luego. *(Vanse Electra, el marqués y don Urbano por el fondo izquierda.)*

## ESCENA VI
*(Evarista y Pantoja, que en actitud de gran cansancio
y desaliento se arroja en el banco de la izquierda, primer término.)*

EVARISTA.—¿Pasamos a casa?

PANTOJA.—No; déjeme usted que respire a mis anchas. En la iglesia me ahogaba… El calor, el gentío…

EVARISTA.—Haré que le traigan a usted un refresco… ¡Balbina!

PANTOJA.—Gracias.

EVARISTA.—Una taza de tila…

PANTOJA.—Tampoco. *(Sale Balbina. La señora le da la mantilla, que acaba de quitarse, y el libro de misa, y le manda que se retire.)*

EVARISTA.—No hay motivo, amigo mío, para tan grande aflicción.

PANTOJA.—No es mi orgullo, como dicen, lo que se siente herido: es algo más delicado y profundo. Se me niega el consuelo, la gloria de dirigir a esa criatura y de llevarla por el camino del bien. Y me aflige más que usted, tan afecta a mis ideas; usted, en quien yo veía una fiel amiga y una ferviente aliada, me abandone en la hora crítica.

EVARISTA.—Perdone usted, señor don Salvador. Yo no abandono a usted. De acuerdo estábamos ya para custodiar, no digo encerrar, a esa loquilla en San José de la Penitencia, mirando a su disciplina y purificación… Pero ha surgido inopinadamente la increíble ventolera de Máximo, y yo no puedo, no puedo en modo alguno negar mi consentimiento… Ello será una locura; allá se las hayan… Pero de Máximo, como hombre de conducta, ¿qué tiene usted que decir?

PANTOJA.—Nada. *(Corrigiéndose.)* ¡Oh sí! Algo podría decir… Mas por el momento solo digo que Electra no está preparada para el matrimonio, ni en disposición de elegir con acierto… No rechazo yo en absoluto su casamiento, siempre que sea con un hombre cuyas ideas no puedan serle dañosas… Pero eso vendrá después. Lo primero es que esa tierna criatura ingrese en el santo asilo, donde la probaremos, pulsaremos con exquisito tacto su carácter, sus gustos, sus afectos, y en vista de lo que observemos se determinará… *(Con altanería.)* ¿Qué tiene usted que decir?

EVARISTA *(Acobardada).*—Que para ese plan… hermosísimo, lo reconozco…, no puedo ofrecer a usted mi cooperación.

PANTOJA *(Con arrogancia, paseándose).*—De modo que, según usted, mi señora doña Evarista, si la niña quiere perderse, que se pierda, si ella se empeña en condenarse, condénese en buena hora.

EVARISTA *(Con mayor timidez, sugestionada).*—¡Su perdición!… ¿Y cómo evitarla?… ¿Acaso está en mi mano?

PANTOJA *(Con energía).*—Está.

EVARISTA.—¡Oh!, no… Me falta valor para intervenir… ¿Y con qué derecho?… Imposible, don Salvador, imposible…

PANTOJA *(Afirmándose más en su autoridad).*—Sepa usted, amiga mía, que el acto de apartar a Electra de un mundo en que la cercan y amenazan innumerables bestias malignas no es despotismo: es amor en la expresión más pura del cariño paternal, que comúnmente lastima para curar. ¿Duda usted de que el fin grande de mi vida, hoy, es el bien de la pobre niña?

EVARISTA *(Acobardándose más).*—No lo dudo… No puedo dudarlo.

PANTOJA *(Con efusión y elocuencia).*—Amo a Electra con amor tan intenso, que no aciertan a declararlo todas las sutilezas de la palabra humana. Desde que la vieron mis ojos la voz de la sangre clamó dentro de mí diciéndome que esa criatura me pertenece… Quiero y debo tenerla bajo mi dominio santamente, paternalmente… Que ella me ame como aman los ángeles… Que sea imagen mía en la conducta, espejo mío en las ideas. Que se reconozca obligada a padecer por los que le dieron la vida, y purificándose ella, nos ayude a los que fuimos malos, a obtener el perdón… Dios, ¿no comprende usted esto?

EVARISTA *(Agobiada).*—Sí, sí. ¡Cuánto admiro su inteligencia poderosa!

PANTOJA.—Menos admiración y más eficacia en favor mío.

EVARISTA.—No puedo… *(Se sienta, llorosa y abatida.).*

PANTOJA.—Naturalmente, a usted no puede inspirar Electra el inmenso interés que a mí me inspira. *(Empleando suaves resortes de persuasión.)* Si por el pronto causara enojos a la niña su apartamiento de las alegrías mundanas, no tardará en hacerse a la paz, a la quietud venturosa… Yo la dotaré ampliamente. Cuanto poseo será para ella, para esplendor de su santa casa… Electra será nombrada Superiora, y bajo mi autoridad gobernará la Congregación… *(Con profunda emoción.)* ¡Qué feliz será, Dios mío, y yo qué feliz! *(Quédase como en éxtasis.)*

EVARISTA.—Comprendo, sí, que al no acceder yo a lo que usted pretende de mí, privo a esa criatura de llegar al estado más perfecto en la condición humana… Bien conoce usted mis sentimientos. ¡Con cuánto gusto trocaría la opulencia en que vivo por la gloria de dirigir oscuramente una casa religiosa de mucho trabajo y humildad!… Siempre admiré a usted por su protección a la Penitencia; le admiré más al saber que redoblaba usted sus auxilios cuando mi pobre Eleuteria, traspasada de dolor cual nueva Magdalena, buscaba en ese instituto la paz y el perdón. En el acto de usted vi la espiritualidad más pura.

PANTOJA.—Sí: cuando su desgraciada prima de usted entró ena quella casa, mi protección no solo fue más positiva, sino más espiritual. Nunca vi a Eleuteria después de convertida, pues de nadie, ni aun de mí mismo, se dejaba ver. Pero yo iba diariamente a la iglesia, y platicaba en espíritu con la penitente, considerándola regenerada, como lo estaba yo. Murió la infeliz a los cuarenta y cinco años de su edad. Gestioné el permiso de sepultura en el interior del edificio, y desde entonces protegí más la Congregación, la hice enteramente mía, porque en ella reposaban los restos de la que amé. Nos había unido el delito, y ya nos unía el arrepentiminto, ella muerta, yo vivo…

EVARISTA.—Y ahora, el que bien podremos llamar fundador, todos los días, sin faltar uno, visita la santa casa y el cementerio humilde y poético donde reposan las Hermanas difuntas…

PANTOJA *(Vivamente).*—¿Lo sabe?

EVARISTA.—Lo sé… Y ronda el patio florido, a la sombra de cipreses y adelfas…

PANTOJA.—Es verdad. ¿Y cómo sabe…?

EVARISTA.—Ronda y divaga el fundador, rezando por sí y por la pobre pecadora, implorando el descanso de ella, el descanso suyo.

PANTOJA.—¡Oh!, sí… Allí reposarán también mis pobres huesos. *(Con gran vehemencia.)* Quiero, además, que así como mi espíritu no se aparta de aquella casa en ella resida también, por el tiempo que fuera menester, el espíritu de Electra… No la forzaré a la vida claustral; pero si probándola tomase gusto a tan hermosa vida y en ella quisiese permanecer, creería yo que Dios me había concedido los favores más inefables. Allí las cenizas de la pecadora redimida, allí mi hija, allí yo, pidiendo a Dios que a los tres nos dé la eterna paz. Y cuando llegue la muerte, los tres reposando en la misma tierra, todos mis amores conmigo, y los tres en Dios... ¡Oh, qué fin tan hermoso, qué grandeza y qué alegría!

EVARISTA *(Con emoción muy viva).*—¡Grandeza, sí, idealidad incomparable!

PANTOJA.—¿Duda usted todavía de que mis fines son elevados, de que no me mueve ninguna pasión insana?

EVARISTA.—¿Cómo he de dudar eso?

PANTOJA.—Pues si mi plan le parece hermoso, ¿por qué no me auxilia?

EVARISTA.—Porque no tengo poder para ello.

PANTOJA.—¿Ni aun asegurándole que la reclusión de la niña tendrá carácter de prueba...?

EVARISTA.—Ni aun así. No, don Salvador, no cuente conmigo... *(Luchando con su conciencia.)* Reconozco la elevación, la hermosura de sus ideas... Con ellas simpatizo...Ecos y caricias de esas ideas siento yo en mi alma; pero algo debo también a la vida social, y en la vida social y de familia es imposible lo que usted desea.

PANTOJA *(Disimulando su enojo).*—Está bien. Paciencia. *(Caviloso y sombrío, se pasea.)*

EVARISTA *(Después de una pausa).*—¿Qué piensa usted?... ¿Renuncia...?

PANTOJA *(Con naturalidad y firmeza).*—No, señora...

EVARISTA.—¿Y cómo...?

PANTOJA.—No lo sé... No me faltará una idea... Yo veré... *(Resolviéndose.)* Evarista: me hará usted el favor de escribir una carta a la Superiora de la Penitencia.

EVARISTA.—Diciéndole...

PANTOJA.—Que venga inmediatamente con dos Hermanas...

EVARISTA.—¿Por qué no la escribe usted?

PANTOJA.—Porque tengo que acudir a otra parte.

EVARISTA.—¿Y ello ha de ser pronto?

PANTOJA.—Al instante…

EVARISTA.—Bien *(Dirígese a la casa.)*

PANTOJA.—Mande usted la carta sin pérdida de tiempo.

EVARISTA *(Mirando hacia el jardín)*.—Paréceme que ya vienen.

PANTOJA.—Pronto, amiga mía.

EVARISTA.—Ya voy… Dios nos inspire a todos. *(Entra en la casa.)*

PANTOJA.—Seré con usted. *(Aparte.)* No quiero que me vean. *(Se oculta tras el macizo de la derecha, junto a la escalinata.)*

### ESCENA VII

*(Pantoja, oculto; Electra, don Urbano y el marqués, que vuelven de misa; Patros, que sale de la casa.)*

ELECTRA *(Adelantándose, coge a Patros al pie de la escalinata)*.— ¿Ha venido?

PATROS.—No, señorita. *(Óyese canto lejano de niños jugando al corro en el jardín.)*

ELECTRA.—Me muero de impaciencia. *(Se quita el sombrero y los guantes, y con el libro de misa los da a Patros.)* Esperaré jugando al corro con los chiquillos… Antes cogeré flores. *(Coge florecitas en el macizo de la izquierda.)*

DON URBANO *(A Patros)*.—¿La señora?

PATROS.—Dentro, señor.

MARQUÉS.—Vamos allá.

DON URBANO.—Después de usted, marqués. *(Entran en la casa. Tras ellos, Patros.)*

ELECTRA *(Admirando las flores que ha cogido)*.—¡Qué lindas, qué graciosas estas clemátides.[15] *(Sale Pantoja, se asusta al verlo.)* ¡Ay!

---

[15] *Clemátides*: planta trepadora de jardín, de flores blancas y olorosas. Nombre científico: *Clematis vitalba*.

## ESCENA VIII
*(Electra y Pantoja.)*

PANTOJA.—Hija mía, ¿te asustas de mí?

ELECTRA.—¡Ay, sí!…, no puedo evitarlo… Y no debiera, no… Don Salvador, dispénseme… Me voy al corro.

PANTOJA.—Aguarda un instante, ¿vas a que los pequeñuelos te comuniquen su alegría?

ELECTRA.—No, señor; voy a comunicársela yo a ellos, que la tengo de sobra. *(Se aleja el canto del corro de niños.)*

PANTOJA.—Ya sé la causa de tu grande alegría, ya sé…

ELECTRA.—Pues si lo sabe, no hay nada que decir… Hasta luego, don Salvador.

PANTOJA *(Deteniéndola).*—¡Ingrata! Concédeme un ratito.

ELECTRA.—¿Nada más un ratito?

PANTOJA.—Nada más.

ELECTRA.—Bueno. *(Se sienta en el banco de piedra. Pone a un lado las flores, y las va cogiendo para adornarse con ellas, clavándoselas en el pelo.)*

PANTOJA.—No sé a qué guardas reservas conmigo, sabiendo lo que me interesa tu existencia, tu felicidad…

ELECTRA *(Sin mirarle, atenta a ponerse las florecillas).*—Pues si le interesa mi felicidad, alégrese conmigo: soy muy dichosa.

PANTOJA.—Dichosa hoy. ¿Y mañana?

ELECTRA.—Mañana más… Y siempre más, siempre lo mismo.

PANTOJA.—La alegría verdadera y constante, el gozo indestructible no existen más que en el amor eterno, superior a las inquietudes y miserias humanas.

ELECTRA *(Adornado ya el cabello, se pone flores en el cuerpo y talle).*—¿Salimos otra vez con la tecla de que yo he de ser ángel…? Soy muy terrestre, don Salvador. Dios me hizo mujer, pues no me puso en el cielo, sino en la tierra.

PANTOJA.—Ángeles hay también en el mundo; ángeles son los que en medio de los desórdenes de la materia saben vivir la vida del espíritu.

129

ELECTRA *(Mostrando su cuello y talle adornados de florecillas. Óyese más claro y próximo el corro de niños).*—¿Qué tal? ¿Parezco un ángel?

PANTOJA.—Lo pareces siempre. Yo quiero que lo seas.

ELECTRA.—Así me adorno para divertir a los chiquillos. ¡Si viera usted cómo se ríen! *(Con una triste idea súbita.)* ¿Sabe usted lo que parezco ahora? Pues un niño muerto. Así adornan a los niños cuando los llevan a enterrar.

PANTOJA.—Para simbolizar la ideal belleza del cielo adonde van.

ELECTRA *(Quitándose flores).*—No, no quiero parecer niño muerto. Creería yo que me llevaba usted a la sepultura.

PANTOJA.—Yo no te entierro, no. Quisiera rodearte de luz. *(Se va apagando y cesa el canto de los niños.)*

ELECTRA.—También ponen luces a los niños muertos.

PANTOJA.—Yo no quiero tu muerte, sino tu vida; no una vida inquieta y vulgar, sino dulce, libre, elevada, amorosa, con eterno y puro amor.

ELECTRA *(Confusa).*—Y ¿por qué desea usted para mí todo eso?

PANTOJA.—Porque te quiero con un amor de calidad más excelsa que todos los amores humanos. Te haré comprender mejor la grandeza de este cariño diciéndote que por evitarte un padecer leve tomaría yo para mí los más espantosos que pudieran imaginarse.

ELECTRA *(Atontada, sin entender bien).*—Abnegación es eso.

PANTOJA.—Considera cuánto padeceré ahora viendo que no puedo evitarte una penita, un sinsabor…

ELECTRA.—¡A mí!

PANTOJA.—A ti.

ELECTRA.—¡Una penita…!

PANTOJA.—Una pena… que me aflige más por ser yo quien he de causártela.

ELECTRA *(Rebelándose, se levanta).*—¡Penas!… No, no las quiero. ¡Guárdeselas usted!… No me traiga más que alegrías.

PANTOJA *(Condolido).*—Bien quisiera; pero no puede ser.

ELECTRA.—¡Oh!, ya estoy aterrada. *(Con súbita idea que la tranquiliza.)* ¡Ah!..., ya entiendo... ¡Pobre don Salvador! Es que quiere decirme algo malo de Máximo, algo que usted juzga malo en su criterio y que, según el mío, no lo es... No se canse..., yo no he de creerlo... *(Precipitándose en la emisión de la palabra, sin dar tiempo a que hable Pantoja.)* Es Máximo el hombre mejor del mundo, el primero, y a todo el que me diga una palabra contraria a esta verdad lo detesto, lo...

PANTOJA.—Por Dios, déjame hablar..., no seas tan viva... Hija mía, yo no hablo mal de nadie, ni aun de los que me aborrecen. Máximo es bueno, trabajador, inteligentísimo... ¿Qué más quieres?

ELECTRA *(Gozosa).*—Así, así.

PANTOJA.—Digo más: te digo que puedes amarlo, que es tu deber amarlo...

ELECTRA *(Con gran satisfacción).*—¡Ah!...

PANTOJA.—Y amarlo entrañablemente... *(Pausa.)* Él no es culpable, no.

ELECTRA.—¡Culpable! *(Alarmada, otra vez.)* Vamos, ¿a que acabará usted por decir de él alguna picardía?

PANTOJA.—De él no.

ELECTRA.—¿Pues de quién? *(Recordando.)* ¡Ah!... Ya sé que el padre de Máximo y usted fueron terribles enemigos... También me han dicho que aquel buen señor, honradísimo en los negocios, fue un poquito calavera..., ya usted me entiende... Pero eso a mí nada me afecta.

PANTOJA.—Inocentísima criatura, no sabes lo que dices.

ELECTRA.—Digo que... aquel excelente hombre...

PANTOJA.—Lázaro Yuste, sí... Al nombrarlo, tengo que asociar su triste memoria a la de una persona que no existe... muy querida para ti...

ELECTRA *(Comprendiendo y no queriendo comprender).*—¡Para mí!

PANTOJA.—Persona que no existe, muy querida para ti. *(Pausa. Se miran.)*

ELECTRA *(Con terror, en voz apenas perceptible).*—¡Mi madre! *(Pantoja hace signos afirmativos con la cabeza.)* ¡Mi madre! *(Atónita, deseando y temiendo la explicación.)*

PANTOJA.—Han llegado los días del perdón. Perdonemos.

ELECTRA *(Indignada).*—¡Mi madre, mi pobre madre! No la nombran más que para deshonrarla…, y la denigran los mismos que la envilecieron. *(Furiosa.)* Quisiera tenerlos en mi mano para deshacerlos, para destruirlos, y no dejar de ellos ni un pedacito así.

PANTOJA.—Tendrías que empezar tu destrucción por Lázaro Yuste.

ELECTRA.—¡El padre de Máximo!

PANTOJA.—El primer corruptor de la desgraciada Eleuteria.

ELECTRA.—¿Quién lo asegura?

PANTOJA.—Quien lo sabe.

ELECTRA.— ¿Y…? *(Se miran, Pantoja no se atreve a explanar su idea.)*

PANTOJA.—¡Oh, triste de mí! No debí, no, no debí hablar de esto. Diera yo por callarlo, por ocultártelo, los días que me quedan de vida. Ya comprenderás que no podía ser… Mi cariño me ordena que hable.

ELECTRA *(Angustiada).*—¡Y tendré yo que oírlo!

PANTOJA.—He dicho que Lázaro Yuste fue…

ELECTRA *(Tapándose los oídos).*—No quiero, no quiero oírlo.

PANTOJA.—Tenía entonces tu madre la edad que tú tienes ahora: dieciocho años…

ELECTRA *(Airada, rebelándose).*—No creo… Nada creo.

PANTOJA.—Era una joven encantadora, que sufrió con dignidad aquel grande oprobio.

ELECTRA *(Rebelándose con más energía).*—¡Cállese usted!… No creo nada, no creo…

PANTOJA.—Aquel grande oprobio, el nacimiento de Máximo.

ELECTRA *(Espantada, descompuesto el rostro, se retira hacia atrás, mirando fijamente a Pantoja).*—¡Ah…!

PANTOJA.—Procediendo con cierta nobleza, Lázaro cuidó de ocultar la afrenta de su víctima…, recogió al pequeñuelo…, lo llevó consigo a Francia…

ELECTRA.—La madre de Máximo fue una francesa; Josefina Perret.

PANTOJA.—Su madre adoptiva…, su madre adoptiva. *(Mayor espanto de Electra.)*

ELECTRA *(Oprimiéndose el cráneo con ambas manos).*— ¡Horror! El cielo se cae sobre mí…

PANTOJA *(Dolorido).*—¡Hija de mi alma, vuelve a Dios tus ojos!

ELECTRA *(Trastornada).*—Estoy soñando… Todo lo que veo es mentira, ilusión. *(Mirando aquí y allí con ojos espantados.)* Mentira estos árboles, esta casa…, ese cielo… Mentira usted…, usted no existe…, es un monstruo de pesadilla… *(Golpeándose el cráneo.)* Despierta, mujer infeliz, despierta.

PANTOJA *(Tratando de sosegarla).*—¡Electra, querida niña, alma inocente…!

ELECTRA *(Con grito del alma).*—¡Madre, madre mía…!, la verdad, dime la verdad… *(Fuera de sí recorre la escena.)* ¿Dónde estás, madre?… Quiero la muerte o la verdad… Madre, ven a mí… ¡Madre, madre! *(Sale disparada por el fondo, y se pierde en la espesura lejana. Suena próximo el canto de los niños jugando al corro.)*

### ESCENA IX

*(Pantoja; don Urbano y el marqués, por la casa, presurosos; tras ellos, Balbina y Patros.)*

DON URBANO.—¿Qué ocurre?

MARQUÉS.—Oímos gritar a Electra.

BALBINA.—Y salió corriendo por el jardín.

PATROS.—Por aquí. *(Alarmadas las dos, corren y se internan en el jardín.)*

MARQUÉS *(Mirando por entre la espesura).*—Allá va… Corre…, continúa gritando… ¡Oh, niña de mi alma! *(Corre al jardín.)*

DON URBANO.—¿Qué es esto?

PANTOJA.—Ya os lo explicaré… Aguarde usted. Dispongamos ahora…

DON URBANO.—¿Qué?

PANTOJA *(Tratando de ordenar sus ideas).*—Deje usted que lo piense… Será preciso traerla a casa… Vaya usted…

DON URBANO *(Mirando hacia el jardín).*—Llega Máximo…

PANTOJA *(Contrariado).*—¡Oh, qué inoportunamente!

DON URBANO.—Los niños corren hacia él… Parece que le informan… Electra se dirige a la gruta. Máximo va hacia la niña… Electra huye de él… hablan el marqués y mi sobrino acaloradamente.

PANTOJA.—Venga usted… Cuide de que Máximo no intervenga…

DON URBANO.—Voy. *(Se interna en el jardín.)*

PANTOJA.—Temo alguna contrariedad. Si yo pudiera… *(Queriendo ir y sin atreverse.)*

BALBINA *(Volviendo presurosa del jardín).*—¡Pobre niña…! Clamando por su madre… Se ha sentado en la boca de la gruta, rodeada de los niños…, y no hay quien la mueva de allí…

PANTOJA.—¿Y Máximo?

BALBINA.—Lleno de confusión, como todos nosotros, que no entendemos… Voy a dar parte a la señora…

PANTOJA.—No, no. ¿Han venido la Superiora y las Hermanas?

BALBINA.—Ahí están.

PANTOJA.—No diga usted nada a la señora. Entre en la casa y espere mis órdenes.

BALBINA.—Bien, señor.

PANTOJA *(Indeciso y como asustado).*—Por primera vez en mi vida no acierto a tomar una resolución. Iré allá. *(Al fondo del jardín.)* No… ¿Esperaré? Tampoco. *(Resolviéndose.)* Voy. *(A los pocos pasos le detiene Máximo, que muy agitado y colérico viene del jardín.)*

## ESCENA X
*(Pantoja y Máximo.)*

MÁXIMO *(Con ardiente palabra en toda la escena).*—Alto…
Me dice el marqués que de aquí, después de una larga conversación con usted, salió Electra en ese terrible desvarío.

PANTOJA *(Turbado).*—Aquí…, cierto…, hablamos… La
niña…

MÁXIMO.—Mordida fue por el monstruo.

PANTOJA.—Tal vez… Pero el monstruo no soy yo. Es un
monstruo terrible, que se alimenta de los hechos humanos.
Se llama la Historia. *(Queriendo marcharse.)* Adiós.

MÁXIMO *(Le coge fuertemente por un brazo).*—¡Quieto!… Va
usted a repetir ahora mismo, ahora mismo, lo que ha dicho
a Electra ese monstruo de la Historia para ponerla en tan
gran turbación…

PANTOJA *(Sin saber qué decir).*—Yo…, ante todo, conviene
asentar previamente que…

MÁXIMO.—No quiero preámbulos… La verdad, concreta,
exacta, precisa… Usted ha ofendido a Electra, usted ha
trastornado su entendimiento… ¿Con qué palabras, con
qué ideas? Necesito saberlo pronto, pronto. Se trata de la
mujer que es todo para mí en el mundo.

PANTOJA.—Para mí es más: es los cielos y la tierra.

MÁXIMO.—Sepa yo al instante la maquinación que ha tra-
mado usted contra esa pobre huérfana, contra mí, contra
los dos, unidos ya eternamente por la efusión de nuestras
almas; sepa yo qué veneno arrojó usted en el oído de la que
puedo y debo llamar ya mi mujer. *(Pantoja hace signos dubi-
tativos.)* ¿Qué dice? ¿Que no será mi mujer…? ¡Y se burla!

PANTOJA.—No he dicho nada.

MÁXIMO *(Estallando en ira, con gran violencia le acomete).*—
Pues por ese silencio, por esa burla, máscara de un egoísmo
tan grande que no cabe en el mundo; por esa virtud verdadera o falsa, no lo sé, que en la sombra y sin ruido lanza el

rayo que nos aniquila. *(Lo agarra por el cuello, lo arroja sobre el banco.)* Por esa dulzura que envenena, por esa suavidad que estrangula, confúndate Dios, hombre grande o rastrero, águila, serpiente o lo que seas.

PANTOJA *(Recobrando el aliento).*—¡Qué brutalidad!… ¡Infame, loco!…

MÁXIMO.—Sí, lo soy. Usted a todos nos enloquece. *(Reponiéndose de su ira.)* ¿Quién sino usted ha tenido el poder diabólico de desvirtuar mi carácter, arrastrándome a estas cóleras terribles? Sin darme cuenta de ello, he atropellado a un ser débil y mezquino, incapaz de responder a la fuerza con la fuerza.

PANTOJA *(Incorporándose).*—Con la fuerza respondo. *(Volviendo a su ser normal, se expresa con una calma sentenciosa.)* Tú eres la fuerza física, yo soy la fuerza espiritual. *(Máximo lo mira atónito y confuso.)* Puedo yo más que tú, infinitamente más. ¿Lo dudas?

MÁXIMO.—¿Que puede más?

PANTOJA.—La ira te sofoca, el orgullo te ciega. Yo, maltratado y escarnecido, recobro fácilmente la serenidad; tú, no, tú tiemblas, Máximo; tú, que eres la fuerza, tiemblas.

MÁXIMO.—Es la ira, que aún está vibrando… No la provoque usted.

PANTOJA *(Cada vez más dueño de sí).*—Ni la provoco, ni la temo…, porque tú me maltratas y yo te perdono.

MÁXIMO.—¡Que me perdona!…, ¡a mí! Se empeña usted en que yo sea homicida, y lo conseguirá.

PANTOJA *(Con serena y fría gravedad, sin jactancia).*—Enfurécete, grita, golpea… Aquí me tienes inconmovible…, no hay fuerza humana que me quebrante, no hay poder que me aparte de mis caminos. Injúriame, hiéreme, mátame: no me defiendo. El martirio no me arredra. Podrá la barbarie destruir mi pobre cuerpo, que nada vale; pero lo que hay aquí *(En su mente.)* ¿quién lo destruye? Mi voluntad, de Dios abajo, nadie la mueve. Y si acaso mi voluntad quedase aniquilada por la muerte, la idea que sustento siempre quedará viva, triunfante…

MÁXIMO.—No veo, no puedo ver ideas grandes en quien no tiene grandeza, en quien no tiene piedad, ni ternura, ni compasión…

PANTOJA.—Mis fines son muy altos. Hacia ellos voy… por los caminos posibles.

MÁXIMO *(Aterrado).*—¡Por los caminos posibles! Hacia Dios no se va más que por uno: el del bien. *(Con exaltación.)* ¡Oh, Dios! Tú no puedes permitir que a tu reino se llegue por callejuelas oscuras, ni que a tu gloria se suba pisando los corazones que te aman… ¡No, Dios, no permitirás eso, no, no! Antes que ver tal absurdo, veamos toda la naturaleza en espantosa ruina, desquiciada y rota toda la máquina del universo.

PANTOJA.—Sacrílego, ofendes a Dios con tus palabras.

MÁXIMO.—Más le ofende usted con sus hechos.

PANTOJA.—Basta. No he de disputar contigo… Nada más tengo que decirte.

MÁXIMO.—¿Nada más? ¡Si falta todo! *(Le coge vigorosamente por un brazo.)* Ahora va usted conmigo en busca de Electra, y en presencia de ella, o esclarece usted mis dudas y me saca de esta ansiedad horrible, o perece usted y perezco yo, y perecemos todos… Lo juro por la memoria de mi madre.

PANTOJA *(Después de mirarle fijamente).*—Vamos. *(Al dar los primeros pasos sale Evarista de la casa.)*

### ESCENA XI
*(Los mismos y Evarista; tras ella, la Superiora*
*y dos Hermanas de la Penitencia; después Patros.)*

EVARISTA.—¿Qué ocurre, Máximo…? He sentido tu voz airada.

MÁXIMO.—Este hombre… Venga usted, venga usted, tía. *(Aparecen la Superiora y las Hermanas. Se alarma Máximo al verlas.)* ¡Oh!… ¡Esas mujeres!… *(Llega Patros del jardín, presurosa.)*

PATROS *(Apenada, lloriqueando).*—Señora, la señorita ha perdido la razón… Corre, huye, vuela, llamando a su madre…; a los que queremos consolarla ni nos oye ni nos ve.

EVARISTA *(Avanzando hacia el jardín).*—¡Niña de mi alma!

MÁXIMO *(Mirando al fondo).*—Ya viene. *(Suelta a Pantoja y corre al jardín.)*

PATROS.—El señor y el señor marqués han logrado reducirla, y a casa la traen… *(Aparece Electra, conducida por don Urbano y el marqués; junto a ellos, Máximo. Al ver a los que están en escena hace alguna resistencia. Suave y cariñosamente la obligan a aproximarse. Trae el pelo y seno adornados con florecillas.)*

ESCENA XII

*(Electra, Máximo, Evarista, Pantoja, don Urbano, el marqués, Patros, la Superiora y Hermanas.)*

EVARISTA.—Hija mía, ¿qué delirio es ese?

MÁXIMO *(Acudiendo a ella cariñoso).*—Alma mía, ven, escúchame. Mi cariño será tu razón.

ELECTRA *(Se aparta de Máximo con movimiento pudoroso. Su desvarío es sosegado, sin gritos ni carcajadas. Lo expresa con acentos de dolor resignado y melancólico).*—No te acerques. Yo no soy tuya, no, no…

MÁXIMO.—¿Por qué huyes de mí? ¿Adónde vas sin mí…?

PANTOJA *(Que ha pasado a la derecha, junto a Evarista).*—A la verdad, a la eterna paz.

ELECTRA.—Busco a mi madre. ¿Sabéis dónde está mi madre?… La vi en el corro de los niños…: fue después hacia la mimosa[16] que hay a la entrada de la gruta… Yo tras ella,

---

[16] *Mimosa:* pertenece a un género de plantas llamadas también sensitivas porque sus hojas se contraen al menor contacto; sus flores son amarillas.

sin alcanzarla… Me miraba y huía… *(Óyese lejano el canto de niños en el corro.)*

MARQUÉS.—¿Ves a Máximo? Será tu esposo…

MÁXIMO *(Con vivo afán).*—Nadie se opone; no hay razón ni fuerza que lo impidan, Electra, vida mía.

ELECTRA *(Imponiendo silencio).*—Ya no hay esposos ni esposas… ¡Oh, qué triste está mi alma!… Ya no hay más que padres y hermanos, muchos hermanos… ¡Qué grande es el mundo, y qué solo está, qué vacío! Por sobre él pasan unas nubes negras…, las ilusiones que fueron mías, y ahora son de nadie… no son ilusiones de nadie… ¡Qué soledad! Todo se apaga, todo llora… el mundo se acaba…, se acaba. *(Con arrebato de miedo.)* Quiero huir, quiero esconderme. No quiero padres, no quiero hermanos… Quiero ir con mi madre. ¿Dónde está su sepulcro? Allí, juntas las dos, juntas mi madre y yo, yo le contaré mis penas, y ella me dirá las verdades…, las verdades.

PANTOJA *(Aparte a Evarista).*—Es la ocasión. Aprovechémosla.

EVARISTA.—Hija mía, te llevaremos a la paz, al descanso.

MÁXIMO.—No es esa la paz. El descanso y la razón están aquí. Electra es mía… *(Evarista hace por llevársela.)* Yo la reclamo.

ELECTRA.—Máximo, adiós. No te pertenezco: pertenezco a mi dolor… Mi madre me llama a su lado. *(Ansiosa, expresando una atención intensísima.)* Oigo su voz…

MÁXIMO.—¡Su voz!

ELECTRA.—Silencio… Me llama, me llama. *(Con alegría, delirando.)*

EVARISTA.—¡Hija, vuelve en ti!

ELECTRA.—¿Oís?… Voy, madre mía. *(Corre hacia las Hermanas.)* Vamos. *(A Máximo, que quiere seguirla.)* Yo sola… Me llama a mí sola. A ti no… A mí sola. ¿No oís la voz que dice ¡Eleeeectra!…? Voy a ti, madre querida. *(Las Hermanas, Evarista y Pantoja la rodean.)*

139

MÁXIMO.—¡Iniquidad! Para poder robármela le han quitado la razón. *(Quiere desprenderse de los brazos del marqués y don Urbano.)*

MARQUÉS.—No la pierdas tú también. *(Conteniéndole.)*

DON URBANO.—Calma.

MARQUÉS.—Déjela ahora… Ya la recobraremos.

MÁXIMO.—¡Ah! *(Como asfixiándose.)* Devolvedme a la verdad, devolvedme a la ciencia. Este mundo incierto y mentiroso no es para mí.

# ACTO QUINTO

*Telón corto.*[17] *Sala locutorio en San José de la Penitencia.*
*Puertas laterales; al fondo, un ventanal, de donde se ve el patio.*

### ESCENA I
*(Evarista y Sor Dorotea.)*

EVARISTA *(Entrando con la monja).*—¿Don Salvador...?

DOROTEA.—Ha llegado hace un rato; en el despacho con la
Superiora y la hermana contadora.

EVARISTA.—Allí le encontrará Urbano. Mientras ellos hablan allá, cuénteme usted, hermana Dorotea, lo que hace,
piensa y dice la niña. Ha sido muy feliz la elección de usted,
tan dulce y simpática, para acompañarla de continuo y ser
su amiga, su confidente en esta soledad.

DOROTEA.—Electra me distingue con su afecto, y no contri-
buyo poco, la verdad, a sosegar su alma turbada.

EVARISTA *(Señalando a la sien).*—¿Y cómo está de...?

DOROTEA.—Muy bien, señora. Su juicio ha recobrado la claridad, y ya estaría reparada totalmente de aquel trastorno si no
conservara la idea fija de querer ver a su madre, de hablarle,
y esperar de ella la solución de su ignorancia y de sus dudas.
Todo el tiempo que le dejan libre sus obligaciones religiosas,
y algo más que ella se toma, lo pasa embebecida en el patio
donde tenemos nuestro camposanto y en la huerta cercana.

---

[17] *Telón corto:* decoración que consiste en un telón que cae detrás del telón
de boca. Así llamado porque acorta el espacio escénico, reduciéndolo casi al
proscenio. Sirve para escenas breves, y, una vez finalizadas, se alza ese telón y
el escenario aparece en toda su amplitud, ya montada la escena requerida, con
muebles, accesorios y todo cuanto se precise.

Allí, como en nuestro dormitorio, la idea de su padre absorbe su espíritu.

EVARISTA.—Dígame otra cosa. ¿Se acuerda de Máximo? ¿Piensa en él?

DOROTEA.—Sí, señora; pero en el rezo y en la meditación, su pensamiento cultiva la idea de quererle como hermano, y al fin, según hoy me ha dicho, espera conseguirlo.

EVARISTA.—¡Su pensamiento! Falta que el corazón responde a esa idea. Bien podría resultar todo conforme a su buen propósito si la desgracia ocurrida anteayer no torciera los acontecimientos

DOROTEA.—¡Desgracia!

EVARISTA.—Ha muerto nuestro grande amigo don Leonardo Cuesta, el agente de Bolsa.

DOROTEA.—No sabía…

EVARISTA.—¡Qué lástima de hombre! Hace días se sentía mal…, presagiaba su fin. Salió el lunes muy temprano, y en la calle perdió el conocimiento. Lleváronle a su casa, y falleció a las tres de la tarde.

DOROTEA.—¡Pobre señor!

EVARISTA.—En su testamento, Leonardo instituye a Electra heredera de la mitad de su fortuna…

DOROTEA.—¡Ah!

EVARISTA.—Pero con la expresa condición de que la niña ha de abandonar la vida religiosa. ¿Sabe usted si está enterado de estas cosas don Salvador?

DOROTEA.—Supongo que sí, porque él todo lo sabe, y lo que no sabe lo adivina.

EVARISTA.—Así es.

DOROTEA *(Viendo llegar a don Urbano)*.—El señor don Urbano.

ESCENA II
*(Las mismas y don Urbano.)*

EVARISTA.—¿Le has visto?

DON URBANO.—Sí. Allí le dejo trabajando en el despacho, con un tino, con una fijeza de atención que pasman. ¡Qué cabeza!

EVARISTA.—¿Tiene noticia de la última voluntad del pobre Cuesta?

DON URBANO.—Sí.

EVARISTA *(A don Urbano)*.—¿Encontraste a nuestro buen amigo muy contrariado?

DON URBANO.—Si lo está, no se le conoce. Es tal su entereza, que ni en los casos más aflictivos deja salir al rostro las emociones de su alma grande…

EVARISTA *(Con entusiasmo, interrumpiéndole)*.—Sí que domina las humanas flaquezas, y como un águila sube y sube más arriba de donde estallan las tempestades.

DON URBANO.—Preguntado por mí acerca de sus esperanzas de retener a Electra, ha respondido sencillamente, con más serenidad que jactancia: «Confío en Dios».

EVARISTA.—¡Qué grandeza de alma! ¿Y sabía que el marqués y Máximo son los testamentarios…?

DON URBANO.—Sabía más. Recibió al mediodía una carta de ellos anunciándole que esta tarde vendrán, acompañados de un notario, a requerir a la niña para que declare si acepta o rechaza la herencia.

EVARISTA.—¿Y ante esa conminación…?

DON URBANO.—Nada: tan tranquilo el hombre, repitiendo la fórmula que le pinta de un solo trazo: «Confío en Dios».

### ESCENA III
*(Los mismos; Máximo y el marqués, por la izquierda.)*

MARQUÉS.—Aquí aguardaremos.

MÁXIMO *(Viendo a Evarista)*.—¡Ay, quién está aquí!…Tía… *(La saluda con afecto.)*

EVARISTA *(Respondiendo al saludo del marqués)*.—Marqués… ¿Conque al fin hay esperanzas de ganar la batalla?

MARQUÉS.—No lo sé… Luchamos con una fiera de muchísimo sentido.

EVARISTA.—¿Y tú, Máximo, crees…?

MÁXIMO.—Que el monstruo sabe mucho, y es maestro consumado en estas lides. Pero… confío en Dios.

EVARISTA.—¿Tú también…?

MÁXIMO.—Naturalmente; en Dios confía quien adora la verdad. Por la verdad combatimos. ¿Cómo hemos de suponer que Dios nos abandone? No puede ser, tía.

DON URBANO.—Al pasar por estos patios, ¿has visto a Electra?

MÁXIMO.—No.

DOROTEA *(Asomada al ventanal).*—Ahora pasa. Viene del cementerio.

MÁXIMO *(Corriendo al ventanal con don Urbano).*—¡Ah, qué triste, qué hermosa! La blancura de su hábito le da el aspecto de una aparición. *(Llamándola.)* ¡Electra!

DON URBANO.—Silencio.

MÁXIMO.—No puedo contenerme. *(Vuelve a mirar.)* Pero ¿vive…? ¿Es ella en su realidad primorosa, o una imagen mística digna de los altares?… Ahora vuelve… Eleva sus miradas al cielo… Si la viera desvanecerse en los aires como una sombra, no me sorprendería… Baja los ojos…, detiene el paso. ¿Qué pensará? *(Sigue contemplando a Electra.)*

MARQUÉS *(Que ha permanecido en el proscenio con Evarista).*—Sí, señora: falso de toda falsedad.

EVARISTA.—Mire usted lo que dice…

MARQUÉS.—O el venerable don Salvador se equivoca, o ha dicho a sabiendas lo contrario de la verdad, movido de razones y fines a que no alcanzan nuestras limitadas inteligencias.

EVARISTA.—Imposible, marqués. ¡Un hombre tan justo, de tan pura conciencia, de ideas tan altas, faltar a la verdad…!

MARQUÉS.—¿Y quién nos asegura, señora mía, que en el arcano de esas conciencias exaltadas no hay una ley moral cuyas sutilezas están muy lejos de nuestro alcance? Absurdos hay en la vida del espíritu como en la naturaleza, donde vemos mil fenómenos cuyas causas no son las que lo parecen.

EVARISTA.—¡Oh, no puede ser, y no y no! Casos hay en que la mentira allana los caminos del bien. Pero ¿hemos llegado a un caso de estos? No, no.

MARQUÉS.—Para que usted acabe de formar juicio, óigame lo que voy a decirle. Virginia me asegura que de Josefina Perret, sin que en ello pueda haber mistificación ni engaño…, nació el hombre que ve usted ahí… Y lo prueba, lo demuestra como el problema más claro y sencillo. Además, yo he podido comprobar que Lázaro Yuste faltó de Madrid desde el sesenta y tres al sesenta y seis…

EVARISTA.—Con todo, marqués, no cabe en mi cabeza…

MARQUÉS *(Viendo aparecer a Pantoja por la derecha)*.—Aquí está.

MÁXIMO *(Volviendo al proscenio)*.—Ya está aquí la fiera.

DOROTEA.—Con permiso de los señores, me retiro. *(Se va por la izquierda. Pantoja permanece un instante en la puerta.)*

ESCENA IV
*(Evarista, Máximo, don Urbano,
el marqués y Pantoja.)*

PANTOJA (Avanzando despacio).—Señores, perdónenme si les he hecho esperar.

MÁXIMO.—Enterado el señor de Pantoja del objeto que nos trae a la Penitencia, no necesitaremos repetirlo.

MARQUÉS *(Benigno)*.—No lo repetimos por no mortificar a usted, que ya dará por perdida la batalla.

PANTOJA *(Sereno, sin jactancia)*.—Yo no pierdo nunca.

MÁXIMO.—Es mucho decir.

PANTOJA.—Ya seguro que Electra, que sabe ya despreciar los bienes terrenos, no acepta la herencia.

MÁXIMO *(Conteniendo su ira)*.—¡Oh!…

EVARISTA.—Ya lo ves: este hombre no se rinde.

PANTOJA.—No me rindo… nunca, nunca.

MÁXIMO.—Ya lo veo. *(Sin poder contenerse.)* Hay que matarlo.

PANTOJA.—Venga esa muerte.

MARQUÉS.—No llegaremos a tanto.

PANTOJA.—Lleguen ustedes adonde quieran, siempre me encontrarán en mi puesto, inconmovible.

MARQUÉS.—Confiamos en la ley.

PANTOJA.—Confío en Dios.

MÁXIMO.—La ley es Dios…, o debe serlo.

PANTOJA.—¡Ah!, señores de la ley, yo les digo que Electra, adaptándose fácilmente a esta vida de pureza, encariñada ya con la oración, con la dulce paz religiosa, no desea, no, abandonar esta casa.

MÁXIMO *(Impaciente)*.—¿Podremos verla?

PANTOJA.—Ahora precisamente, no.

MÁXIMO *(Queriendo protestar airadamente)*.—¡Oh!

PANTOJA.—Tenga usted calma.

MÁXIMO.—No puedo tenerla.

EVARISTA.—Es la hora del coro. Quiere decir don Salvador que después del rezo…

PANTOJA.—Justo… Y para que se persuadan de que nada temo, pueden traer, a más del notario, al señor delegado del Gobierno. Mandaré abrir las puertas del edificio… permitiré a ustedes que hablen cuanto gusten con Electra, y si ella quiere salir, salga en buena hora….

MARQUÉS.—¿Lo hará usted como lo dice?

PANTOJA.—¿Cómo no, si confío en Dios? *(Se miran en silencio Pantoja y Máximo.)*

MÁXIMO.—Yo también.

PANTOJA.—Pues si confía, aquí le espero.

MARQUÉS.—Volveremos esta tarde. *(Coge a Máximo por el brazo.)*

PANTOJA.—Y nosotros, a la iglesia. *(Salen don Urbano, Evarista y Pantoja.)*

## ESCENA V

*(El marqués y Máximo, que recorre la escena muy agitado, con inquietud impaciente y recelosa.)*

MARQUÉS.—¿Qué dice a esto?

MÁXIMO.—Que ese hombre, de superior talento para fascinar a los débiles y burlar a los fuertes, nos volverá locos. Yo no soy para esto. En luchas de tal índole, voluntades contra voluntades, yo me siento arrastrado a la violencia.

MARQUÉS.—¿Qué harías, pues?

MÁXIMO.—Llevármela de grado o por fuerza. Si no tengo poder bastante, buscarlo, adquirirlo, comprarlo: traer amigos, cómplices, un escuadrón, un ejército *(Con creciente calor y brío.)* Renacen en mí los tiempos románticos y las ferocidades del feudalismo.

MARQUÉS.—¿Y eso piensa y dice un hombre de ciencia?

MÁXIMO.—Los extremos se tocan. *(Exaltándose más.)* A ese hombre, a ese monstruo hay que matarlo.

MARQUÉS.—No tanto, hijo. Imitémosle, seamos como él, astutos, insidiosos, perseverantes.

MÁXIMO *(Con brío y elocuencia).*—Seamos, como yo, sinceros, claros, valientes. Vayamos a cara descubierta contra el enemigo. Destruyámoslo si podemos, o dejémonos destruir por él…, pero de una vez, en una sola acción, en una sola embestida, en un solo golpe… O él o nosotros…

MARQUÉS.—No, amigo mío. Tenemos que ir con pulso. Es forzoso que respetemos el orden social en que vivimos.

MÁXIMO.—Y este orden social en que vivimos nos envolverá en una red de mentiras y de argucias, y en esa red pereceremos ahogados, sin defensa alguna…, manos y cuello cogidos en las mallas de mil y mil leyes caprichosas, de mil y mil voluntades falaces, aleves, corrompidas.

MARQUÉS.—Cálmate. Preparemos el ánimo para lo que esta tarde nos espera. Preveamos los obstáculos para pensar con tiempo en la manera de vencerlos… ¿Qué sucederá cuando le digamos a Electra que tú y ella no nacisteis de la misma madre?

MÁXIMO.—¿Qué ha de suceder? Que no nos creerá…, que en su mente se ha petrificado el error y será imposible destruirlo. ¿Sabe usted lo que puede la sugestión continua, lo que puede el ambiente de esta casa sobre las ideas de los que en ella habitan?

MARQUÉS.—Emplearemos, pues, medios eficaces…

MÁXIMO *(Con mayor violencia).*—Eficacísimos sí: pegar fuego a esta casa, pegar fuego a Madrid…

MARQUÉS.—No disparates… En el caso de que la niña no quiera salir, nos la llevaremos a la fuerza.

MÁXIMO *(Muy vivamente hasta el fin).*—O la fuerza vencedora, o la desesperación vencida… Moriré yo, morirá ella, moriremos todos.

MARQUÉS.—Morir, no: vivamos muy despiertos. Preparémonos para lo peor. Ya tengo las llaves para entrar por la calle Nueva. La hermana Dorotea nos pertenece… Chitón.

MÁXIMO.—¡A la violencia!

MARQUÉS.—¡Astucia, caciquismo!

MÁXIMO.—¡Por el camino derecho!

MARQUÉS.—¡Por el camino sesgado! *(Cogiéndole del brazo.)* Y vámonos, que nuestra presencia aquí puede infundir sospecha. *(Llevándoselo.)*

MÁXIMO.—Vámonos, sí.

MARQUÉS.—Confía en mí.

MÁXIMO.—Confío en Dios.

## MUTACIÓN

*Patio en San José de la Penitencia. A la derecha, un costado de la iglesia, con ventanales, por donde se trasluce la claridad interior. A la izquierda, portalón por donde se pasa a otro patio, que se supone comunica con la calle. Al fondo, entre la iglesia y las construcciones de la izquierda, un gran arco rebajado, tras el cual se ve en último término el cementerio de la Congregación. Noche oscura.*

ESCENA VI
*(Electra y Sor Dorotea.)*

DOROTEA.—Tan cierto como esta es noche, dos caballeros han venido a la casa con propósitos de llevarte al mundo. ¿No lo crees?

ELECTRA.—¿Dos caballeros? Antes que me digas sus nombres mi corazón los adivina: Máximo y el marqués de Ronda… Si es verdad que quieren llevarme consigo, me ponen en grande turbación. Desde que vine a esta santa casa, emprendí, como sabes, la gran batalla de mi espíritu. Trato, con la ayuda de Dios, de transformar en amor fraternal el amor de un orden distinto que arrebató mi alma. Encendido en mí con tal violencia aquel fuego del sol, no es tarea fácil convertirlo en fría claridad de luna… Pero al fin el continuo meditar, el desmayo del corazón y las ideas dulces que Dios me envía me van dando fuerzas para vencer en la batalla.

DOROTEA.—Hermana mía, si en ti sientes la fortaleza del amor nuevo, ¿por qué temes ver a Máximo?

ELECTRA.—Porque viéndole, pienso que todo el terreno ganado lo perderé en un solo instante.

DOROTEA *(Incrédula).*—¿Y estás segura de haber ganado algún terreno?

149

ELECTRA.—¡Oh! Sí, alguno…, no mucho todavía.

DOROTEA.—Entiendo, querida hermana, que el ver a la persona te serviría para probar si, en efecto, puedes.

ELECTRA *(Vivamente)*.—¡Oh!, no me lo digas… Tal como hoy me encuentro, en los principios de la lucha, junto a él no tendría mi conciencia ni un instante de tranquilidad… ¡Jesús mío!, forcejeo con dos imposibles: no podré quererle como hermano, no podré quererle como esposo. *(Aterrada.)* ¡Qué suplicio…! Al mundo no, no… Prefiero estar aquí, en esta soledad de muerte, en este laboratorio de mi alma, y junto a este crisol divino en el cual estoy fundiendo un vivir nuevo.

DOROTEA.—No esperes, Electra, que tus propias ideas te den la paz. Confía en Dios y en las personas que Dios te envía. *(Resolviéndose a mayor claridad.)* Hermana mía, no tiembles ante el que crees tu hermano. Alguien quizá negará que lo sea.

ELECTRA *(Muy excitada)*.—Calla, calla… En asunto tan delicado, toda palabra que no traiga la certidumbre es palabra ociosa y cruel, que no calma, sino que enloquece… Dios mío, dame la muerte o la verdad.

DOROTEA.—Sosiégate…

ELECTRA *(Exaltándose más)*.—Todas las confusiones que al venir aquí me atormentaron, ahora renacen… Ángeles y demonios se atropellan en mi pensamiento… Déjame… Quiero huir de mí misma. *(Recorre la escena con grande agitación. Sor Dorotea va tras ella y trata de calmarla.)*

DOROTEA.—Cálmate, por Dios… Hermana querida, tus tormentos tocan a su fin. *(Mira con ansiedad hacia el portalón de la izquierda.)*

ELECTRA *(Creyendo oír una voz lejana)*.—Oye… Mi madre me llama.

DOROTEA.—No delires… Otras voces, voces de personas vivas, te llamarán…

ELECTRA.—Es mi madre… ¡Silencio!… *(Oyendo. Entra Pantoja por la derecha.)*

## ESCENA VII
*(Electra, Pantoja y Dorotea.)*

PANTOJA.—Hija mía, ¿cómo saliste de la iglesia sin que yo te viese?

DOROTEA.—Salimos a respirar el aire puro. Electra se asfixiaba. *(Aparte.)* La hora se acerca… Dios nos ayudará.

PANTOJA.—Hija mía, ¿te sientes mal?

ELECTRA *(Con voz apagada y medrosa).*—Mi madre me llama.

PANTOJA *(Cariñosamente, cogiéndola de la mano).*—La voz dulce de tu madre, hablándote en espíritu, te confortará, te ligará con lazos de piedad y amor a esta santa casa. *(Óyese por la iglesia coro de novicias.)* Escucha, hija mía, esas voces de los ángeles, que te llaman desde el cielo.

ELECTRA *(Delirando).*—Es el canto de los niños jugando al corro. Entre esas voces tiernas suena la de mi madre llamándome a su sepulcro.

PANTOJA.—Estás alucinada. Es el coro de ángeles divinos.

ELECTRA.—No hay ángeles, no, no… Oigo mi nombre, oigo el bullicio de los niños, que remueve toda mi alma. Son los hijos del hombre, que alegran la vida. *(Continúa oyéndose más apagado el coro de novicias.)*

PANTOJA *(Inquieto).*—Hermana Dorotea, diga usted a la hermana guardiana que vigile la puerta de la calle Nueva y la de la Ronda. *(A izquierda y derecha.)*

DOROTEA.—Voy, señor.

PANTOJA.—No, no: yo iré… No me fío de nadie… Quiero vigilar todos los patios, todos los pasadizos y rincones del edificio. *(Alarmado, creyendo sentir ruido.)* Silencio… ¿No oye usted?

DOROTEA.—¿Qué?… Nada, señor… Es aprensión.

PANTOJA.—Creí sentir rumor de voces…, golpes en alguna puerta lejana. *(Escucha.)*

DOROTEA.—¿Hacia qué parte? *(Mirando al foro derecha, detrás de la iglesia.)*

PANTOJA.—Hacia la enfermería. ¡Oh, no tengo tranquilidad! ¡Quiero ver por mí mismo!... Electra, vuelve a la iglesia... Hermana, llévela usted... Espérenme allí... *(Dándoles prisa.)* Pronto... *(Las conduce a la puerta de la iglesia. Se va presuroso, muy inquieto, por el foro derecha, Dorotea le ve alejarse, coge de la mano a Electra, y vivamente vuelve con ella al centro de la escena. Electra, como sin voluntad, se deja llevar.)*

### ESCENA VIII
*(Electra y Sor Dorotea.)*

DOROTEA.—Ven... A la iglesia, no.

ELECTRA.—Aquí... Quiero respirar... Quiero vivir.

DOROTEA *(Aparte, inquieta)*.—Ya es la hora fijada por el marqués... Aprovechemos los minutos, los segundos o todo se perderá. *(Mirando a la izquierda.)* Voy a franquearles el paso a este patio... *(Alto.)* Hermana, espérame aquí.

ELECTRA *(Asustada)*.—¿Adónde vas? *(La coge del brazo.)*

DOROTEA *(Con decisión, defendiéndose)*.—A mirar por ti, a devolverte la salud, la vida... Dispónte a salir de esta sepultura, y llévame contigo.

ELECTRA *(Trémula)*.—Hermana..., no te alejes de mí.

DOROTEA.—Este instante decide tu suerte. Volverás al mundo..., verás a Máximo.

ELECTRA.—¿Cuándo?

DOROTEA.—Ahora... le verás entrar por allí... *(Señala a la izquierda.)* ¡Silencio..., valor...! No me detengas... No te muevas de aquí. *(Vase corriendo por la izquierda.)*

ELECTRA.—¡Jesús mío, Virgen santa!... ¿Será cierto que...? Por aquí..., por aquí vendrá... *(Cree ver a Máximo en la oscuridad.)* ¡Ah!..., él es... ¡Máximo! *(Hablando como en sueños, se aparta como lo haría de un ser real.)* Apártate de mí..., déjame... No puedo quererte como hermano, no puedo... En el fuego está el crisol, donde quiero fundir un corazón nuevo... ¿No ves que no puedo mirarte...? ¿A qué me miras tú…? No me llevarás al mundo… Aquí busco la verdad. Mi madre me llama. *(Con acento desesperado.)* ¡Madre, madre! *(Vuélvese de cara al fondo. Al sonar las últimas palabras de Electra, aparece la Sombra de Eleuteria, hermosa figura vestida de monja. Electra, de espaldas al público, y con los brazos en cruz, la contempla.)* ¡Oh! *(Larga pausa.)*

ESCENA IX
*(Electra y la Sombra de Eleuteria, que vagamente se destaca
en la oscuridad del fondo. Electra avanza hacia ella.
Quedan las figuras una frente a otra, a la menor distancia posible.)*

LA SOMBRA.—Tu madre soy, y a calmar vengo las ansias de tu corazón amante. Mi voz devolverá la paz a tu conciencia. Ningún vínculo de naturaleza te une al hombre que te eligió por esposa. Lo que oíste fue una ficción dictada por el cariño para traerte a nuesta compañía y al sosiego de esta santa casa.

ELECTRA.—¡Oh, madre, qué consuelo me das!

LA SOMBRA.—Te doy la verdad, y con ella fortaleza y esperanza. Acepta, hija mía, como prueba del temple de tu alma, esta reclusión transitoria, y no maldigas a quien te ha traído a ella. Si el amor conyugal y los goces de la familia solicitan tu alma, déjate llevar de esa dulce atracción, y no pretendas aquí una santidad que no alcanzarías. Dios está en todas partes… Yo no supe encontrarlo fuera de aquí… Búscale en el mundo por senderos mejores que los míos, y… *(La Sombra calla y desaparece en el momento en que suena la voz de Máximo.)*

ESCENA X
*(Electra, Máximo, el marqués y Pantoja.)*

MÁXIMO *(En la puerta de la izquierda).*—¡Electra!
ELECTRA *(Corriendo hacia Máximo).*—¡Ah!

PANTOJA *(Por la derecha)*.—Hija mía, ¿dónde estás?

MARQUÉS.—Aquí, con nosotros.

MÁXIMO.—Es nuestra.

PANTOJA.—¿Huyes de mí?

MÁXIMO.—No huye, no… Resucita.

FIN DE ELECTRA

# EPÍLOGO

## GALDÓS, EN EL CAMBIO DE SIGLO

La vida y la obra de Benito Pérez Galdós (1843-1920), el escritor nacido en Las Palmas de Gran Canaria, ofrece muchas caras. Fue periodista, autor de novelas memorables, dramaturgo, pintor, político, editor, amante de la música, de las mujeres, su querida Emilia Pardo Bazán, la madre de su única hija, María, Lorenza Cobián, de la excéntrica Concha Ruth Morell, de Teodosia Gandarias, la viuda que lo acogió con cariño cuando la ceguera le robó la luz (1907). También fue hombre de familia, siempre vivió en paz y armonía con su madrina Magdalena, con sus hermanas Concha y Carmen, y su prole. Mantuvo fiel amistad con sus queridos Clarín, Pereda, Menéndez Pelayo, el doctor Manuel Tolosa Latour, y el director del periódico *El Cantábrico*, José Estrañi, de Santander, donde construiría un hotelito, San Quintín, para pasar los veranos. Las actrices que labraron su éxito escénico, María Guerrero, Carmen Cobeña, Matilde Moreno, Concha Catalá, Margarita Xirgú, le guardaron un afecto especial. La magnitud de su obra produce una admiración infinita a cuantos le recordamos como autor de noventa y seis novelas, entre ellas *La desheredada* (1881), *Fortunata y Jacinta* (1886-1887), *Misericordia* (1897), y los *Episodios nacionales*, *Trafalgar* (1873) y *Zumalacárregui* (1898), de veintitrés obras de teatro, dos éxitos anteriores al de *Electra*, *Realidad* (1892) y *La de San Quintín* (1894), de numerosos libros de ensayos, de memorias, de viajes, el memorable *La casa de Shakespeare*, a raíz de un viaje que hizo (1889) al lugar de nacimiento del insigne poeta y dramaturgo al que admiraba sobremanera, y de miles de artículos de periódico.

La recepción de su monumental obra ha estado condicionada por la historia de España, la política, los estudios literarios, y el desarrollo social. Galdós fue un escritor decidido desde la mocedad a tener una proyección en la vida política mediante un compromiso que no se reducirá a ocupar una poltrona en el Senado, como hicieran otros escritores de prestigio, un lugar patricio dentro de la sociedad, sino a comprometerse personalmente y a utilizar la pluma como arma en su empeño, situándose siempre junto a sus conciudadanos. Tras su llegada a Madrid (1862) para estudiar la carrera de Derecho, que abandonó en el segundo año, le atrajo el periodismo, lo que le permitía implicarse de lleno en la vida sociocultural y política de Madrid, la ciudad que se convirtió en su patria de adopción. Tras unos pocos años de reportero del diario *La Nación*, durante los que pulirá sus talentos, el contar bien y sin rodeos, pasó, durante el reinado de Amadeo I, a quien dedicaría uno de sus más bellos *Episodios Nacionales*, a colaborar y dirigir *El Debate*, diario financiado por el general Prim, para defender al rey saboyano, y a ocupar los puestos de redactor y director de la *Revista de España*, donde publicaría por entregas *Doña Perfecta*, novela que expresaba sin ambages su posición ante el clero.

Sus escritos políticos, tanto de esta etapa juvenil (1884-1872) como los publicados en el periódico argentino *La Prensa de Buenos Aires*, de cuando llegó a ser diputado del Congreso (1886), nombrado por Sagasta, revelan una defensa cerrada de la democracia española. No se consideró jamás superior a nadie, viejo o niño, rico o pobre, pensaba que la vida social dependía de una responsabilidad común, si algo iba bien, era un éxito para todos, si las cosas terminaban mal, el fracaso lo compartíamos a partes iguales.

Un grupo de escritores de la siguiente generación, los modernistas, como Ramón María del Valle-Inclán, se sentirán molestos cuando el insigne autor, a comienzos del siglo xx, fuera recibido en todas partes como una gloria nacional, y mantuviera su protagonismo y presencia social. Les poseyó un insano ánimo de empañar su trayectoria, le calificaban de prosaico, sin conseguir nada, pues su obra, en especial los 46 *Episodios nacionales*, y su misma persona despertaban la admiración del pueblo, por su decidida defensa de la justicia social. El resultado de esa animadversión de los que buscaban el podio cultural, Valle, Azorín, Unamuno, llevó a la crítica directa; de «garbancero» le moteja Dorio de Gádex, un personaje de Valle-Inclán, o a expresar sus arbitrarias preferencias por otros contemporáneos, Leopoldo Alas, en particular por parte de Azorín, o a silenciar sus méritos en público, reprochable actitud de Unamuno —todos ellos, claro, después de su muerte—, un borrón en sus dignas hojas de servicio literario.

El Galdós del siglo XX cortaba una amable figura, el hombre que participaba en los mítines políticos, expresando su compromiso, y cuando se declare republicano (1907), aún más. Siempre se mantuvo, como su maestro y republicano, Emilio Castelar, respetuoso hacia la Monarquía, porque la consideraba un factor estabilizador, que prestaba equilibrio al país. Incluso con monarcas tan poco preparados para desempeñar su función, como Isabel II, víctima de una pobre educación y de malos consejeros, como el general Narváez, o Alfonso XIII, que revirtió los principios constitucionales de la Monarquía y dedicó su reino a la Iglesia. Cuando pierda la vista, nunca llegó a estar completamente ciego, pero necesitaba un secretario y un acompañante cuando salía a la calle, en la última década de su vida, este afable hombre mayor, que no anciano, durante ese tramo final cortaba una figura casi homérica, como le pasaría al escritor argentino Jorge Luis Borges. Su mera presencia en público atraía toda la atención.

La «nueva gente», los brillantes escritores modernistas, Azorín, Baroja, Valle, Unamuno, resentían este hecho, otros como el genio universal Juan Ramón Jiménez, que aprendió de Francisco Giner de los Ríos lo mismo que había asimilado el escritor canario, a respetar las propuestas de la inteligencia, sin reclamar la atención sobre la persona, le ensalzaron. Federico García Lorca sentiría la misma admiración años después, y su obra *La casa de Bernarda Alba* (1936) constituye la brillante continuación del drama nacional galdosiano, poniendo en escena la brutal sujeción de las hijas a la voluntad materna, tema que Galdós tratara en la obra de teatro *Doña Perfecta*, basada en la novela del mismo título. Al otro lado del Atlántico, el venezolano Rómulo Gallegos (1884-1969) había abordado la misma problemática en una obra inspirada también en la galdosiana, la novela *Doña Bárbara* (1929).

La política española durante la Restauración, positiva en ciertas áreas, la reforma educacional (el plan Moyano) o la creación de unas infraestructuras importantes, ferrocarriles y puertos, por ejemplo, se quedó corta en otras, pues las disputas políticas malgastaban la energía nacional. Nada nuevo bajo el sol, España siempre lleva años de retraso con respecto a Europa, porque en cada generación, las disputas políticas ralentizan el proceso de la puesta al día de las leyes necesarias para adecuarse al cambio social. Emprendemos esos largos rodeos, ocupados en conflictos internos, entonces fueron las guerras carlistas, hoy las disputas independentistas, que nos distraen de la necesidad de adecuar las verdaderas necesidades sociales, haya sido en la era del vapor, de la electricidad o ahora en la digital. En la época de la Restauración, el Gobierno por turnos, uno conservador, de Antonio Cánovas del Castillo (1828-1897), seguido por uno liberal, de Práxedes Mateo Sagasta (1825-1903), mantuvieron la paz, pero dejaron sin solucionar el mayor problema del país, el ajuste de la sociedad a la nueva era democrática. La España secular, el Estado laico, nunca llegó a consolidarse, según hubieran deseado los reformadores nacidos de la Septembrina, y los privilegios de las clases predominantes con poder, la aristocracia y la burguesía enriquecida, apoyadas en la Iglesia, mantuvieron un pulso social que con el tiempo llevaría al enfrentamiento civil. Con este panorama de trasfondo se estrenó *Electra*, lo que dio lugar a un reconocimiento colectivo de las fallas nacionales que de la sala de espectáculos se extendió a través de la prensa de provincias y del boca a boca por el país entero. El dedo del clamor popular, como sucede con frecuencia, solo apuntó a uno de los estamentos responsables, el clero, y la crítica escrita sobre esta obra abundó en un único tema, el anticleralismo.

Unos pocos críticos, el agudo Eduardo Gómez Baquero Andrenio (1866-1929), entre ellos, entendió que la obra tenía más miga. Comprendió que esta obra había sido elaborada con un claro propósito, como el propio autor confesó en una entrevista concedida al *Diario de Las Palmas* una semana después del estreno, el 7 de febrero de 1901. Cito a Galdós:

> En *Electra* puede decirse que he condensado la obra de toda mi vida, mi amor a la verdad, mi lucha constante contra la superstición y el fanatismo y la necesidad de que olvidando nuestro desgraciado país las rutinas, convencionalismos y mentiras, que nos deshonran y envilecen ante el mundo civilizado, puede realizarse la transformación de una España nueva que, apoyada en la ciencia y en la justicia, puedan resistir las violencias de la fuerza bruta y las sugestiones insidiosas y malvadas sobre las conciencias.

## HACIA *ELECTRA*

### *Bajar el cielo a la tierra*

La gran novela del XIX, desde *Pepita Jiménez,* de Juan Valera (1873), a *La Regenta* (1885), de Clarín, a *Los Pazos de Ulloa* (1886), de Pardo Bazán, a *Fortunata y Jacinta* (1887), de Pérez Galdós, había contado las maneras en que las miras del ser humano estaban condicionadas por lo que ocurría en la vida terrestre y no por los designios venidos de las alturas. Había bajado el cielo a la tierra. El seminarista de la ficción de Valera, Luis de Vargas, cambia el traje talar por el civil para casarse con su amada Pepita, porque la pasión carnal apaga la fe cuando el deseo sexual rebaja la mira puesta en los asuntos divinos a los humanos. Algo parecido ocurre en la obra de Leopoldo Alas, donde un cura, Fermín de Pas, el magistral de la catedral de Oviedo, vive poseído por el amor hacia la bella mujer del regente de la audiencia, Ana Ozores, y este hombretón siente que el traje de sacerdote le mantiene encarcelado. O el joven y apocado capellán, Julián Álvarez, que se enamora perdidamente de Nucha, su señora, aunque nunca se lo confesará, en *Los Pazos de Ulloa*. La Fortunata galdosiana, por su parte, desafiará las convenciones sociales afirmando que el matrimonio no depende de una unión religiosa o civil, de un papel, sino del deseo, de la voluntad de los amantes, y de su capacidad de tener hijos, que constituye el auténtico sello del contrato matrimonial.

En *Electra*, el personaje Salvador Pantoja encarna el sacerdote que quiera sacrificar en el ara eclesiástico la vida de una joven mujer, de dieciocho años, en el altar del ideal religioso. Devolver al cielo, mediante el sacrificio de una vida de encierro en un convento de monjas, el esplendor y grandeza de una vida humana, libre, alegre, sana de cuerpo y espíritu. Pantoja se empeña en actuar como su nombre anuncia de salvador, dando marcha atrás al reloj de la civilización, y ofrecerle al cielo, al ideal, a la conjetura, lo que no le pertenece, porque el ser humano ya no es una criatura nacida del mito de Adán y Eva, sino concebida según las nuevas teorías de la vida, por ejemplo de Darwin, y sometida no a los mandamientos de la Iglesia, sino a los derechos de un ciudadano que vive en una sociedad democrática.

Las novelas de los escritores citados, Valera, Alas, Pardo Bazán y Galdós, iban dirigidas a un lector que coincidía en sus ideas, formaban parte del progreso social que experimentaba España; otra cosa ocurría en los lugares donde la Iglesia y el capital todavía gozaban del poder, como en Santander, que se convertirá en su residencia de verano, y donde se echará excelentes amigos, como José María de Pereda y Marcelino Menéndez Pelayo, que mantenían vivas las ideas del antiguo régimen, la creencia en un orden no secular de la vida social. Las novelas de Pereda son la imagen invertida de las galdosianas, donde podemos ver esa España que se resistía a sumarse al progreso, lo que entrañaba perder los privilegios de la alta burguesía. Los que no comulgaban con las ideas de Galdós, pero, a pesar de ello, picados por la curiosidad, acudían al teatro a ver *Electra*, cuando el cura Pantoja era reprendido en escena, abandonaban sus palcos en señal de protesta.

## Comprar las alturas

Galdós ya en *Doña Perfecta* (1876) había planteado el asunto de la influencia social de la Iglesia, tan nociva que conducía a extremos casi impensables, como la orden dada por Perfecta Polentinos al cabecilla de una cuadrilla de facciosos, Caballuco, de asesinar a su sobrino Pepe Rey para impedir que se casase con su hija Rosario. La respetable señora actuó malmetida por el canónico de la catedral de Orbajosa, Inocencio Tinieblas, movido por el deseo de que fuera su sobrino Jacinto quien llevara al altar a la chica, quien le sugirió el modo criminal de impedir el matrimonio del ingeniero. Un asesinato, pues, motivado por el interés. Volverá a tocar el tema de los desencuentros que produce la religión misma, más que la Iglesia y sus ministros, en la vida social en *Gloria* (1878) y en *La familia de León Roch* (1879). En esta última novela, el protagonista, cuyo nombre aparece en el título, resulta incapaz de lograr su realización personal, vivir feliz con la mujer que le ofrece una vida mejor, Pepa Fúcar, y permanece junto a su bella y beata esposa, María Egipcíaca, que le obligará a quemar los libros que atentan contra las verdades eclesiásticas.

Giner de los Ríos criticó en una reseña de la novela ese fallo de carácter de León, que, en vez de negarse a la quema,

cede a la injusta voluntad de su esposa. Galdós finalmente le
hará caso, y los personajes novelescos creados a partir de 1880
poseerán una fuerte espina dorsal. *Ángel Guerra* (1891) constituye en cuanto al tratamiento dado a la temática religiosa una
novela de transición. La ciudad de Toledo, donde comenzó
a redactar el texto, su parte antigua, llena de calles estrechas,
de iglesias, la magnífica catedral, la presencia del Greco, y el
recuerdo de quien iba a ser pronto la madre de su hija María,
Lorenza Cobián, le inspiraron una historia de amor, variación
de *La familia de León Roch*, donde el varón, en parte inspirado
en Federico Balart, un periodista, amigo y maestro suyo desde la juventud, llevado por el amor a la piadosa Leré acabará
por cambiar su actitud religiosa, dejando atrás su compromiso
social para seguir una vida de recogimiento religioso, de renuncia al mundo. Galdós igual que se había dejado inspirar
por el Madrid vibrante de los años ochenta, de su intensa vida
política, que no resolvía mayores problemas, se cobija en Toledo, buscando una vía de escape espiritual. Buscaba otros caminos de expresar y vivir la espiritualidad humana, semejante a
la vía encontrada por Juan Ramón Jiménez en la obra del poeta indio Rabindranat Tagore (1861-1941), íntima, espiritual,
despojada de elementos externos que la empañen. Resulta cu-
rioso, y digno de mención, que Tagore, a quien Juan Ramón
tradujo al castellano, obtuviera el Premio Nobel de Literatura
en 1913, año en el presentaron sus amigos del Ateneo de Madrid la candidatura de Galdós por segunda vez al prestigioso
galardón.

A continuación, Pérez Galdós inició una exploración de
las galerías interiores del ser, de la sensibilidad humana que encuentra refugio y la esencia de la vida en la pureza de espíritu,
en *Nazarín* (1895), en *Halma* (1895), y en *Misericordia* (1897).
Esta distinta actitud de Galdós hacia la religión apuesta por
una vía evangélica, interior, verdadera religión de la conciencia
de Cristo, no basada en la obediencia a las normas y mandamientos de la Iglesia. Por otro lado, en las novelas del ciclo de

*Torquemada* (1889-1895) manifiesta que en el trasfondo de su pensamiento, quizás por el agitado panorama político vivido en el Congreso de los Diputados, persiste el tema de la secularización, el permanente asalto de los políticos católicos al Estado laico, que Galdós representa en sus novelas como un choque entre el cielo y la tierra, el hombre hablando directamente con la divinidad, el materialismo del tacaño frente a la divinidad. En *Torquemada en la hoguera* (1889), el prestamista quiere comprar a Dios la vida de su hijo, Valentín, que se muere, y no lo consigue. En el resto de la serie, donde presenta el choque entre lo material y lo espiritual, marca la frontera en la que el hombre tras vivir la hoguera del sufrimiento, crucificado por la ambición de hacerse noble al casarse con Fidela, heredera de una familia aristocrática, de una vida infeliz, un verdadero purgatorio, el suicidio del cuñado, el nacimiento de un hijo anormal, una mujer infeliz, y finalmente el encuentro con el gran dilema, cuando el espíritu humano se enfrenta a la entrada en ese lugar cuyas llaves custodia san Pedro, pero ante la que es difícil dejar todos los medios materiales para ganarlo.

La obra entera de Galdós zigzaguea en ese enfrentamiento entre los poderes del cielo y las certezas ofrecidas por la vida palpable, y ambas despliegan una lucha feroz por conseguir el poder sobre la conciencia humana. Cuando parecía, por *Nazarín*, por *Misericordia*, que su respuesta iba a ser una evangélica, de concordia, de aceptación, la mala situación del país, perdido en una encrucijada histórica, cuando unas fuerzas lo empujaban hacia una regresión al pasado, Galdós dará la voz de alarma.

## La sociedad laica

El estreno de *Electra* desencadenó una tormenta social causada por la intransigencia de Pantoja, el carcelero del espíritu libre y alegre de la joven protagonista, que la quería encerrada en un convento de monjas. La excelente interpretación de los actores, Ricardo Valero y Matilde Moreno, desataron en el teatro una intensa tormenta, los espectadores, que llegaban cargados por el pesimismo creado por el noventayochismo, las pérdidas coloniales, que estrechaban los límites del país, las incesantes luchas políticas entre conservadores y liberales, el mal camino de los asuntos económicos, encontraron en el personaje de Pantoja, que quería privar de sus derechos a la mujer inocente, el objeto propicio para airear el descontento. Varios asistentes, entre los que se recuerda a Ramiro de Maeztu, lanzaron gritos subversivos contra los jesuitas, calentando el ambiente que polarizó la representación. La ola anticlerical levantada en el teatro inundó las calles de Madrid, y las gentes enardecidas acompañaron al autor a su casa en el paseo de Areneros (hoy Alberto Aguilera).

Este anticlericalismo coincidía con la misma tendencia que se manifestaba en el resto de Europa y, curiosamente, Galdós, cuyas obras se habían traducido a diversas lenguas europeas, francés, inglés, alemán, neerlandés, danés, en especial *Doña Perfecta* y *Marianela*, y que le habían dado fama entre los hispanistas, de repente adquiere un mayor renombre, especialmente en Francia, donde los productos culturales accedían con facilidad al público.

Los espectadores, el público, concedieron a la obra el carácter de enseña, de enseña política, de protesta. No fue como en el caso de Émile Zola, que publicó la famosa carta «J'accuse» defendiendo al coronel Dreyfus, que destapaba la corrupción y el sentimiento antisemita en el seno del ejército francés, y le llevó al banquillo de los acusados, y posteriormente al destierro en Inglaterra. El efecto de *Electra* fue en parte buscado por Galdós, pero su acusación de anticlericalismo venía envuelta con otros temas de igual o mayor alcance para el futuro del país, pero que la respuesta del público, el enardecimiento que produjo, acallaron. Enseguida lo veremos.

Insisto, como vengo alegando, Galdós llevaba décadas combatiendo los aspectos negativos de la injerencia de la

Iglesia en los asuntos civiles, que ocasionaba crímenes físicos, como el novelesco asesinato de Pepe Rey, orillando asimismo la supresión del derecho a elegir de la mujer, Rosario, la prometida del ingeniero, el derecho a disfrutar de una conciencia individual. O sea, que la Iglesia al combatir los derechos ganados en la vida secular negaba las premisas de una sociedad laica, aconfesional.

## EL DISEÑO GALDOSIANO DE *ELECTRA*

Galdós venía desde 1892, el momento del estreno de *Realidad*, su primer drama, intentando hacerse hueco entre los dramaturgos, una amplia pléyade, pues el teatro ocupaba entonces un espacio mucho mayor que el actual, era el principal espectáculo de entretenimiento, y lo seguirá siendo hasta la llegada del cine, que por entonces asomaba sus mudas imágenes. Los grandes teatros, como la Comedia, el Español o la Princesa, luego se llamará María Guerrero, eran los locales donde se presentaban lo que hoy denominamos piezas literarias, que luego pasaban a otros dirigidos a un público más amplio, que gustaba, por ejemplo, de las populares secuelas satíricas de las obras que alcanzaban renombre, como el Eslava. Desde el éxito de *Realidad*, la novela dialogada que gracias al impulso de la Pardo Bazán llevó al teatro, Galdós encontró una manera de mantener un diálogo social directo con el público, gracias al género que mejor se prestaba a ello. Ya se había consagrado como novelista, pero ahora intentó alcanzar una audiencia mayor, la que ofrecía el espectáculo teatral, que la prensa divulgaba con mayor entusiasmo que las reseñas de libros, pues envolvía la política municipal, que decidía la financiación de la mayoría de los teatros, los autores, el espectáculo, etcétera. Tuvo varios éxitos y diversos fracasos, como *Los condenados* (1894), que no llevó nada bien, y en un inusual arrebato atacó a la crítica con saña.

Preparó *Electra* con mucho cuidado, y el diseño así lo revela. La interpretación anticlericalista borró, por ejemplo, el aspecto relevante del texto, la importancia de la ciencia para el progreso nacional, inmerso, ya lo dije, en perennes disputas políticas. La democracia española se comportaba, como suele, guiada por la conducta de adolescente de sus representantes, que unos días dicen una cosa, y al siguiente la contraria, Sin embargo, Galdós sabía ya desde su primera juventud en Canarias que los ingenieros de caminos, por ejemplo, Juan, el hermano mayor del querido compañero Fernando León y Castillo, o su amigo el médico Manuel Tolosa Latour, eran los que determinaban el avance del país, el adelanto científico que garantizaba un futuro en consonancia con los tiempos. Había que construir puentes, infraestructuras, y extender la higiene y la salubridad pública, el cuidado infantil, facilitado por la pediatría, para que la ciudadanía viviese más tiempo y con mejor salud. Máximo, el futuro marido de Electra, es un científico ocupado en investigaciones sobre la conducción de la electricidad.

Lo que este elemento añadía a la obra era un contenido temático de extraordinaria relevancia, el de que la ciencia debía formar parte de la vida social, y su valor considerado como primordial en un país donde la política tenía captado los esfuerzos intelectuales de las élites. Quizás, parte de la inspiración para Máximo venía de la convivencia con el hijo de su hermana Carmen, su sobrino José Hurtado de Mendoza, permanente acompañante, que era ingeniero agrónomo y profesor en la escuela de dicha especialidad. De hecho, está claro que el desarrollo de la trama teatral viene marcada por uno de los experimentos de Máximo, que culmina con la fusión, al mismo tiempo que el argumento gira hacia su final, la liberación de Electra de las garras de su Salvador Pantoja.

Un segundo elemento, el que subyace al anticlericalismo que generó la respuesta del público, lo constituyen las reflexiones del marqués de Ronda, aliado de Máximo y de Electra, que entiende perfectamente el empeño de Pantoja de que naveguemos por el infinito, arrojando por la borda el lastre terrenal, lo que el simpático personaje denomina «tocar la trompeta bíblica». Este aristócrata, que ha aprendido a contemporizar con los devaneos religiosos de su mujer, pero que no pierde de vista sus propias convicciones, admira a Máximo, y ve claramente los designios inapropiados del fanático sacerdote.

El marqués comprende en todo momento a la joven Electra, su alegría, sus ganas de vivir, de cómo Pantoja quiere apoderarse de su conciencia y voluntad, lo que a ella le aterra, y la defenderá cuando el clérigo recurra a la mentira, diciéndole que Electra y Máximo son hermanos, para abortar el matrimonio. La alegría vital de la juventud probablemente Galdós la experimentaba en las continuas travesuras y acciones de su por aquellas fechas amante, la joven Concha Ruth Morell, a quien había introducido en los círculos teatrales.

Electra no representa la mujer nueva, autosuficiente, sino a la mujer que comparte la vida del hombre. No es la sometida, el ángel del hogar, sino una compañera que se implica en el trabajo de Máximo. Un paso más allá del de la mujer del XIX sin patrimonio familiar que había retratado en su novela *Tristana* (1892), el personaje inspirado en la Morell, que luego llevó al cine Luis Buñuel.

Pantoja en un momento, cuando Electra rehusa someterse a sus designios, dice que «Está fascinada. No es dueña de sí», frases que revierten la visión de la mujer a los tiempos del exorcismo, cuando el cuerpo estaba invadido por las fuerzas del mal. Imaginamos el efecto real y el subliminal que causaba en el público, especialmente en el femenino. Parecido a los originados por los antiabortistas, que quieren someter el cuerpo de la mujer al control ajeno. Precisamente, uno de los mayores cambios en la concepción del ser humano, el aspecto mental promovido por las nuevas ciencias de la mente, la psicología y la psiquiatría, que presentaban una visión amable del hombre, luchando no contra demonios, sino con la propia naturaleza física del ser humano, propenso a la depresión, al descontento, que no se curaba con levantar falsas visiones del hombre. Es decir, negaba la traducción del ser humano a su versión secular, invocando imágenes falsas de la existencia humana, como el estar poseído por los demonios.

En resumen, el diseño galdosiano, inspirado en los amigos del autor que llevaban a España hacia adelante, guiados por Sagasta, también ingeniero de caminos, su amigo José Echegaray, ilustre matemático, ofrecían una vía hacia un futuro mejor, ese era el gran mensaje. Por otro lado, Electra era concebida como una mujer que quería ser libre, independiente de conciencia, cuya libertad se ve obstaculizada por un personaje siniestro, el sacerdote Pantoja, que quiere aprisionar su espíritu y su cuerpo para salvarla, entregarla ociosamente al culto divino, mientras su labor en la tierra, el cuidar y educar a los hijos de Máximo, parece de mayor utilidad personal y social. Incluso, y este extremo siempre resulta olvidado, es precisamente una monja, la hermana Dorotea, quien ayuda a Electra a escapar de las garras del sacerdote iluminado, quien se da cuenta de que la joven vivirá más feliz fuera del convento. Paradójicamente, Electra descubre la mentira de que Máximo es su hermano gracias a la aparición en escena del espectro de su madre, que se le aparece para asegurarla de que no es verdad. Galdós invocaba un truco del cerebro, la visión de la madre, para combatir una ideación espiritual religiosa.

## GALDÓS, AUTOR DRAMÁTICO

El empeño de Galdós por ser autor teatral llegó, fuera de los intentos de juventud, de los años sesenta del XIX, marcados por el romanticismo reinante en la escena de aquel momento, cuando su estilo narrativo estaba ya plenamente desarrollado, a comienzos de los años noventa. La prosa narrativa de Galdós fluía naturalmente, hilvanando las hablas que conocía, las escuchadas en la calle, en las tertulias, a los amigos y conocidos, con una enorme facilidad, cuyo resultado era un texto asequible, que llegaba con facilidad al lector. Él no era de esos escritores, a lo Flaubert, que volvía sobre el texto una y mil veces para pulirlo, dejarlo sin repeticiones, con una riqueza léxica casi de museo de autor.

Parecería que la tarea de trasponer la lengua de la novela a la escena sería fácil, incluso eso le debió de parecer a la Pardo Bazán, cuando leyó la novela *Realidad*, que se dijo, mi amigo Galdós ya tiene aquí una obra de teatro, y le puso en contacto con el actor, director, y empresario teatral Emilio Mario (1838-1899), que estrenó al escritor canario como autor dramático. Pero sus obras no eran tan fáciles de escribir. El teatro ponía otras exigencias. Él poseía el impulso creativo, la temática, en el caso de *Electra*, ya hemos revisado el origen de las principales líneas temáticas, pero el lenguaje hablado de la novela no encajaba en el teatral. Por muchas razones, el drama se dice o declama en un escenario, lo que exige poner un tono a la voz, gesticular, y transmitir el mensaje a los espectadores, que están ahí mismo, y no son receptores mudos como los de una novela, son seres vivos, muy presentes para los actores. Y esos mismos espectadores estaban acostumbrados a un tipo de temática, de artificio, de ficción dramática diferente del novelesco, menos realista, más impostado. Recordemos que en una novela el texto recoge el habla de los personajes presentado a través de un narrador que generalmente posee un sistema de valores afín, contemporáneo al de los espectadores, novela, recordemos, connota novedad. Mientras en el teatro, el espectador llegaba armado de romanticismo, de espectacularidad, el escenario no podía ser un lugar igual que el salón de su casa, debía ofrecer drama, la vida hecha espectáculo. Los románticos habían contaminado ese escenario de drama, de sentimientos exaltados y pasiones que llevan a los personajes a tomar posiciones extremas. El éxito de la novelita *Werther* (1774), de Goethe, o de *Don Juan Tenorio* (1884), de José Zorrilla, habían puesto ese listón emocional muy alto.

O sea, que Galdós tiene que asumir esas características del drama, la herencia romántica, pero con el propósito de ponerla al día, modernizarla. Tocaba a los actores una parte fácil. María Guerrero y su marido, Fernando de Mendoza, en algunas producciones aparecían vestidos de calle, nada de disfraces, y él, incluso fumando. Parecía que la transición del salón de su casa al escenario casi no requería cambio alguno. Lo difícil quedaba para el autor, modernizar los parlamentos, trasladar la pasión al escenario con un acento moderno. Y aquí, como dice José Luis Alonso de Santos, en «Orientaciones para el montaje» —que apareció como apéndice a las ediciones de esta misma *Electra*, editada por Elena Catena, que hoy actualizamos—, Galdós conservó las expresiones retóricas de la época, que hay muchas, y que en una versión actualizada de la obra resultan irrelevantes.

Por supuesto que con el drama pasa un poco como con las traducciones de una obra, que cada cierto tiempo necesitan una nueva versión, porque el lenguaje, los valores que la sustentan envejecen o incluso cambian de signo. Por ejemplo, el trato que se dan los personajes entre sí, lleno de unas cortesías pasadas de moda, que en una versión teatral del presente se deben actualizar.

Lo esencial, sin embargo, es que en *Electra* observamos el choque de una realidad presente, el ingrediente que Galdós quería introducir en el teatro, que se mezcla, y eso parece el sobrepeso de la obra, con la religión y todo su trasfondo, un factor que desconcierta la vida del personaje, lo desencaja, lo separa del mundo palpable y real en que vive. El caso de la señorita Ubao en que se basó el autor, explicado con detalle por Catena en la «Introducción», era un hecho concreto que se llevó a juicio, actuando de abogados conocidos personajes, Nicolás Salmerón, por la familia, y Antonio Maura, por la señorita Ubao. En *Electra*, todo resulta inconcreto, por la dispersión que crea el tema religioso. Entonces, Galdós introdujo una mayor acción, muchas escenas que simulan el paso del tiempo y aceleran la trama, en un intento de darle realidad. Esta mezcla de trasfondo inconcreto, del problema de la señorita Ubao elevado a un nivel menos concreto, se mezcla con la cantidad de escenas, que producen el movimiento vital que el trasfondo les resta.

Los espectadores experimentaron ese efecto de la religión, la negación de la alegría vital de la joven por el fanático Pantoja, el melodrama de la pieza, y aunque el lenguaje guarde resabios de una manera de expresarse poco real y contemporánea, el movimiento escénico, el continuo cambio del ritmo escénico, ofrecía una dinámica novedosa, que aceleraba la acción, y la conducía a su fin.

El siglo XIX fue el siglo de la luz, la novela realista pedía una mayor transparencia para que el mundo se viera mejor, y Galdós imaginó a Máximo, un protagonista dedicado a estudiar los efectos de la electricidad, indicando simbólicamente que la luz generada por este científico iluminaría mejor los problemas de su tiempo. Y, en efecto, lo consiguió. La sociedad española se reconoció en la representación que hacía de ella, por eso la elevó a símbolo. Los ¡viva Galdós! que le acompañaron triunfal a su domicilio en el paseo de Areneros el día del estreno de *Electra* hallarán su eco en los ¡viva Galdós! de quienes diecinueve años después, el 5 de enero de 1920, le escoltaron hasta su tumba en el cementerio de la Almudena de Madrid.

# ÍNDICE

ALIOS · VIDI
VENTOS · ALIASQVE
PROCELLAS